Appreciate Masterpieces
Foreign classic novels in 10 minutes

名作欣赏

10分钟读解外国经典小说

①

《故事会》编辑部 编

上海文艺出版社
上海故事会文化传媒有限公司

前　言

故事会公司曾编撰过两套丛书,"青春读本系列"与"滴水藏海系列"篇目均精挑细选,以篇幅精悍、可读性强、富于哲理为编选宗旨,一经推出即广受好评。多次被在校老师推荐给学生作为课外阅读书目,成为青少年的"心灵读本"。

为了进一步丰富当代青少年的精神生活,让他们在时间碎片化、信息爆炸的时代中,接触到优秀、经典、耐读的名家名作,故事会编辑部特推出这套书系:"名作欣赏:10分钟读解外国经典小说"。丛书共10册,收录了《故事会》杂志"外国文学故事鉴赏"栏目中历年来的名篇佳作。

我们在每一篇作品前,设了一至二则导语:一为"小辞典",用短短百余字,简要概括名家生平、创作风格、代表作品等信息,让读者迅速了解作者的信息,并可延伸查找名家其他作品;二为"微课堂",介绍与作品相关的文学背景、流派典故、趣闻轶事、百科常识等,拓展读者眼界。

编选本系列图书时,以下三点,是我们着重思考并实践的:
1.作品的经典性

经典名作，是具有典范性、权威性，经久不衰的万世之作，书写了社会所需的价值与道德，剖析了人性共通的美好与脆弱，探讨了人类未来的前景与可能。对青少年来说，阅读经典，开卷有益，对塑造其健全人格亦大有裨益。

2. 作品的可读性

此次汇编的名家名作，均为经过改写、故事性极强的外国短篇小说，10分钟就能读完一篇。这里有两个考虑：其一，外国长篇小说涉及较为复杂的社会背景、人物关系、思想内涵，对青少年来说，阅读门槛较高；其二，短篇小说经由故事化改写，将小说叙述转化为通俗故事，呈现最核心的故事情节与主旨，轻松好读，较易引发青少年继续了解经典名作的兴趣。

3. 作品的启发性

在每篇作品前，设有"小辞典"或"微课堂"这两个导语小单元，为读者提供一个具有知识性、趣味性、启发性的阅读氛围，从中获取故事之外的拓展内容。读者阅读后，如对名家的其他作品发生兴趣，可沿着"微课堂"中提供的线索，循序渐进地选读作家原文，欣赏文学名作之美，渐入佳境。

我们相信，我们精挑细选的这些外国短篇佳作，犹如闪耀的点点星光，成为你爱上外国文学的理由之一，并为你的阅读学习之路，助上一臂之力。

《故事会》编辑部

目 录
CONTENTS

1	你了解他吗	/阿加莎·克里斯蒂〔英国〕
9	妻子的反抗	/罗尔德·达尔〔英国〕
15	万无一失的杀手	/弗·福赛斯〔英国〕
21	魔瓶	/罗伯特·路易斯·史蒂文森〔英国〕
28	贵妇的谎言	/彼得·拉佛西〔英国〕
35	黄蜂疗法	/伊塔洛·卡尔维诺〔意大利〕
39	荣誉退休	/艾迪特·施密茨〔德国〕
43	影子剧院	/米切尔·恩德〔德国〕
50	奇怪的交易	/亚历山大·格林〔俄罗斯〕
55	老小姐之死	/乔治·西默农〔比利时〕
61	爱情毒药	/纳撒尼尔·霍桑〔美国〕

67	大狩猎	/罗伯特·谢克里〔美国〕
74	盗画奇谋	/杰克·里奇〔美国〕
79	第七位妻子	/斯坦利·艾林〔美国〕
85	古董沙发	/唐纳德·奥尔森〔美国〕
90	国王的宝座	/保尔·布朗〔美国〕
96	机器人管家	/艾萨克·阿西莫夫〔美国〕
104	最后的微笑	/亨利·斯莱萨〔美国〕
109	乐园五号	/罗伯特·谢克里〔美国〕
115	全怪三明治	/杰克·里奇〔美国〕
121	致命的跟踪	/爱德华·D·霍克〔美国〕
126	布丁里的银纽扣	/哈尼·鲁宾〔美国〕
131	爱情巧克力	/若竹七海〔日本〕

目录
CONTENTS

136	假女友 / 乙一〔日本〕
143	绝妙的晚餐 / 星新一〔日本〕
149	生命烛 / 大木敏之〔日本〕
155	手工贵妇 / 东野圭吾〔日本〕
162	消失的棋子 / 甲贺三郎〔日本〕
168	意外事件 / 阿刀田高〔日本〕
172	蛛丝马迹 / 森村诚一〔日本〕
177	美洲豹33号 / 米格尔·安赫尔·阿斯图里亚斯〔危地马拉〕
183	托儿的绝招 / 史蒂芬·玛罗
188	生死官司 / 佚 名
193	冬天里的两个秘密 / 佚 名

你了解他吗

阿加莎·克里斯蒂

〔英国〕

小辞典

阿加莎·克里斯蒂（1890-1976），英国著名作家，创作过一百多部作品，其中较为著名的有《东方快车谋杀案》《尼罗河上的惨案》等。

微课堂

在中国，推理迷亲切地将阿加莎·克里斯蒂称为"阿婆"。她刻画的人物波洛，是继福尔摩斯之后第二个世界级的大侦探。本故事根据她的《夜莺山庄》改编，这部作品中的有关细节，多次被其他作者借鉴。

日记本

这天下午，爱丽克丝正打算到花园去，电话铃突然尖声响了起来，她走过去拿起听筒，刹那间，她触电似的问道："你说你是谁？"

"我是狄克，爱丽克丝，难道你听不出我的声音吗？"

原来，打电话的正是爱丽克丝的前男友狄克！几年前，他们俩相亲相爱，然而就在他们要谈婚论嫁之际，爱丽克丝却头脑发热，嫁给了认识才一个星期的马丁。

这会儿，狄克在电话中说他住在附近一个叫"旅客之家"的旅馆里，打算吃完晚饭就来看爱丽克丝。

爱丽克丝严词拒绝了他的来访。她挂上电话，定了定神，然后拿起桌上的一顶帽子，向花园走去。突然，她看见花丛中有一样深绿色的东西，她探身捡了起来，原来是本日记本。打开一看，居然是马丁的，开头一页记的便是他俩结婚的事情："两点半，同爱丽克丝结婚，圣彼得教堂。"她觉得很有意思，又往下翻，上面记着每日流水账，翻到最后一页，她停住了，只见上面写道："星期三，六月十八日。"爱丽克丝算了算，这不正是今天？

爱丽克丝再往下看，马丁写着"晚九时"，后面却空空如也。晚九时干什么？她把日记本塞进衣兜，脑子里突然跳出狄克以前说的话："爱丽克丝，你了解他吗？"马丁是不是还有什么隐私？是不是要去与别的女人约会？她忐忑不安地回到了房间……

吃晚饭时，马丁回来了。等用完晚餐，爱丽克丝拿起日记本，对他说："这是你用来浇花的东西。"马丁接过日记本，笑道："哈哈，是在花园里拾到的吗？我还以为丢了呢。"

"你的秘密我现在全都知道了。"

马丁摇摇头，说："我没有见不得人的东西。"

"那你说，今晚九点你打算进行什么秘密活动？"

"噢！那个……"马丁愣了一愣，接着笑了起来，"是同一位特别漂亮的姑娘会面，爱丽克丝。她的头发是棕黄色的，蓝眼睛，非常像你。"

爱丽克丝瞪圆了眼睛，说："你不要回避问题！"

"是呀，我没有回避问题。亲爱的，我只是提醒自己今天晚上要洗相片,当然,还要你帮忙。"马丁对照相一向很感兴趣,他有一台古典照相机,经常在地下室里洗相片。

经马丁这么一说,爱丽克丝心情好了点,笑着说:"那你为什么非要等到九点钟不可?"接着又喃喃自语,"马丁啊马丁,我真希望多了解你一些!"

马丁笑了笑,对爱丽克丝说:"我出去散散步。亲爱的,不要胡思乱想。唉,你们女人都一个样儿,只对私生活有兴趣。"说完,就独自走开了。

旧剪报

看着马丁走出门,爱丽克丝的妒火又冒上心头。她想,马丁比自己大十几岁,在与自己结婚前,情感生活不可能是一片空白。既然有,那肯定会留下蛛丝马迹。马丁有一个写字台,里面有一个上锁的抽屉,那里会不会有什么秘密呢?想到这,她偷偷从马丁的外套口袋里取走了他的钥匙串,然后来到写字台前,一把一把试着,锁上的抽屉很快被打开了,她发现里面有一本支票簿,有些零碎钞票,最里头有一沓信件,上面扎着丝带。

爱丽克丝心里一阵激动,紧张地解开丝带。可很快,她又把信放回抽屉里,关上抽屉,重新锁上。原来这是她自己的信,是她结婚之前写给马丁的。

接着,爱丽克丝又去开另一个没上锁的抽屉,那里头只有一卷又旧又脏的剪报。

马丁为什么收藏这些旧剪报呢？说不定，从中也能发现他的"小秘密"呢。想到这，爱丽克丝呼吸又顺畅起来。她发现，这些是七年前的美国报纸，内容是有关莱曼特里案件的：报道说，在莱曼特里家的地板下面，发现了女人的骨头，警察怀疑莱曼特里有作案嫌疑，因为同他"结过婚"的多数妇女，后来都去向不明。还有张报纸详细介绍此人颇有"女人缘"，提到他的心脏不好，庭审期间发作过一次。但三年后，莱曼特里成功越狱……

看到这里，爱丽克丝心想：这个莱曼特里真是个人物啊！刚好有一份剪报刊登了他的照片，爱丽克丝瞄了一眼，差点吓死：这不就是自己的丈夫马丁吗？她只觉得冷汗"刷"地流了下来……

爱丽克丝注意到照片旁边有日期说明，似乎暗示那些妇女被谋害的日子……

爱丽克丝顿时感到屋子在她眼前旋转……日记本上所记的晚九时，应该就是马丁要动手的时间，怎么办？她得马上逃走！

就在这时，爱丽克丝听见开门的声音，是马丁回家了！

打电话

爱丽克丝赶紧走出房间，马丁此时也看见她了，发现她神色异常，就问："怎么啦，亲爱的？你脸色苍白，全身哆嗦。"爱丽克丝勉强挤出笑脸，回答道："没有什么，觉得头有点疼，想出去走一走。"马丁忙过来搀扶她，说："那好，我陪你走一走。"

"不，谢谢，"爱丽克丝轻轻推开马丁，说，"我歇一会儿就好。

你看电视吧,我去给你煮点咖啡。"说着,就自顾自地走到厨房里去了。很快,她就端了一壶咖啡出来,并给马丁倒了一杯。

马丁啜了一口咖啡,说道:"这咖啡真苦啊!哎,对了,亲爱的,等会儿,我们一起洗相片吧。"

爱丽克丝一听,不由得打了个寒噤:"你一个人干行吗?我今天晚上有点累。"

"用不了多长时间,我保证你洗完相片就不累了。"

"哦,我差点忘了,"爱丽克丝装作恍然大悟的样子,敲了敲脑袋,站起身来,"我要给牛肉店老板打个电话!"

"牛肉店?这么晚了,店都关门了。"

"不,我是给老板家打电话。你不是说过这家店牛肉很好?我先给他打个招呼,明天给我送来。"说着,她三步并作两步跑进屋里,又随手带上门。

马丁在外大声说:"别关门!"爱丽克丝故作生气道:"你担心我跟卖肉的谈恋爱吗?"她快速拿起电话听筒,拨通"旅客之家"的电话,"请转狄克先生,我有事找他——"此时,马丁推门跟了进来。

"你能走开吗?马丁,"她有点生气了,"我讨厌别人听我打电话。"可马丁置若罔闻,笑嘻嘻地一屁股坐了下来。

这让爱丽克丝感到绝望。她慌乱地按着电话听筒上的按键,突然她脑中跳出一个主意来:按住电话的按键,对方会听不见说话声,放开则又听得见,这样不就可以传信给狄克,来救自己了吗?爱丽克丝想:一定要镇静,把话说清楚!此时,电话那头传来了狄克的声音。爱丽克丝深吸了一口气,接着放开按键说:"我是马丁太太,请你来（按住按键），明天早上来，带一块牛肉，两个人吃的（放开按键）。非常要紧（按住按键）。谢谢你，海克索塞先生，对不起，这么晚给你打电话，可是这肉实在（再放开按键）事关生死（按住按键）。好，明天早晨（放开按键），越快越好。"说完，她放下听筒，转头望着马丁。

马丁嘲讽道："你是这样跟肉店老板说话的吗？"

爱丽克丝答道："这就是女人的腔调。"她显得有点激动，她知道，狄克听到这个电话，必来无疑！她走进起居室，打开电灯，马丁紧随其后。他一边说一边好奇地看着她："你现在情绪好像很好。现在八点半，到时候了，我们一起到地下室洗相片吧。"

讲故事

爱丽克丝见马丁走过来，看样子要来硬的，她急中生智说："马丁，你坐好，今晚我要跟你坦白一件事。"马丁显然被这句话吸引住了，乖乖坐了下来。

爱丽克丝决定编一个故事，等候救兵。她故意放慢节奏，说："我二十二岁那年，认识一个男人，他上了年纪，但有钱。他爱上了我，向我求婚，我接受了。我们结了婚。我劝他说，为我着想，去办理人寿保险。"

看到马丁兴致盎然的样子，爱丽克丝也有了信心，她慢吞吞地说："你可能不知道，我在医院里工作过一段时间，处理过各种各样稀有的毒品。有一种细小的白粉，只要一丁点儿就能致人死命。

作用跟天仙子碱差不多,但是事后不会残留在遗体里。医生会以为是心脏病。我偷了一点这种毒药,把它藏了起来。"她停了一下。

"说下去。"马丁催促她说。

"不,我害怕。我不能告诉你。改天再谈吧。"

"现在说,"马丁性急地说,"我要听。"

"当时我们结婚一个月,我对年老的丈夫非常好。他在所有的邻居面前都夸奖我。谁都知道我是一个好妻子,每天晚上都给他煮美味的咖啡。有一天晚上,只有我跟他两个人,我放了一点点毒药在他杯子里。这种毒药很平和。我坐着瞧着他。他咳嗽了一下,说他要呼吸新鲜空气。我打开窗子。接着他说他站不起来了,然后他就死了。"

爱丽克丝笑了笑,若有所思地说:"我煮的咖啡非常好。"

马丁忙问:"咖啡?就是这咖啡!"他看着爱丽克丝,眼中掠过一丝惊慌,"我知道了,怪不得今天咖啡这样苦。你这魔鬼!你下了毒药。"

马丁边说边站起身,准备向她扑来。爱丽克丝向后退去,退到火炉旁边。她吓坏了,张开嘴,正想把真相告诉他,又停住了,她稳住自己,镇定地看着马丁,说:"是的,我已经给你下了毒药。毒药开始起作用了。现在你站不起来了,你站不起来了!"

就在这时,爱丽克丝听到外面大门打开的声音,又听到外面小路上的跑步声。

外屋的门开了。爱丽克丝旋风般冲出房间,一下子扑到狄克的怀里。狄克抱住她,问:"怎么了,爱丽克丝?"说完,他小心翼翼地把爱丽克丝扶到花园里坐下,然后扭头对身后一个人高马大的警察说:"警官,请进屋里看看发生了什么事儿!"

过了一会儿,警察出来,他碰了碰狄克的胳膊,一脸惊疑地说:"先生,屋里有一个男人坐在椅子上,好像受了某种巨大的惊吓,而且——"

"怎么了?"

"他死了。"

这时,爱丽克丝做梦似的说:"我终于了解马丁了,他已经死了……"

(改编:冬雨)

妻子的反抗

罗尔德·达尔

〔英国〕

小辞典

罗尔德·达尔（1916-1990），英国杰出的剧作家、短篇小说家，尤擅长儿童文学题材。代表作有《查理与巧克力工厂》《羊腿与谋杀》《女房东》等。

微课堂

达尔创作了大量深受儿童喜爱的故事，如《了不起的狐狸爸爸》《玛蒂达》和《怪桃历险记》。与此同时，达尔在创作可怕而恐怖的成人短篇故事方面亦十分成功，往往都有黑暗的幽默意识及令人惊讶的结局。

福斯特太太是个急性子，做什么事都喜欢提前一点，她最怕的事就是赶不上火车、搭不上飞机。而福斯特先生和妻子刚好相反，他做事不慌不忙，总是在最后一刻才出门，有时还会无伤大雅地迟到几分钟。尽管福斯特太太每次都心急如焚，但她从来不敢催促丈夫。她性格温顺，甚至有点懦弱。福斯特先生很满意自己对妻子的控制，有时他故意直到最后一秒钟才出门，看到妻子急得发抖却又无可奈何，他心里会产生一种说不出的快感。

福斯特夫妇十分富有，他们居住在纽约市郊一座四层楼的别墅里。这天，别墅里的仆人们都在忙碌着，因为福斯特太太马上要出远门了。对她来说，这次出门特别重要，她要去巴黎看望嫁到法国的独生女儿，还有三个从未谋面的小外孙。她以前只见过他们的照片，他们可爱极了，福斯特太太是多么希望能搬到巴黎和女儿同住啊，但丈夫却断然拒绝了这个想法。就连这次，他答应福斯特太太飞去巴黎探望女儿一个半月，都可以算是一个奇迹了。

这会儿，福斯特太太早已穿戴整齐，她在一楼客厅里不停地走来走去，心里想着：如果丈夫还不赶快走，自己可要错过班机了。每过几分钟，她就忍不住问仆人："几点了？"这次仆人答道："九点十分，夫人。"

福斯特太太默默算了一下，飞机十一点起飞，路上要一个小时，还必须至少提前半小时抵达机场办手续。天啊！时间不多了。她花了几个月时间，才说服丈夫让她出门，要是搭不上这班飞机，丈夫很可能就会取消她的整个行程。而最令人烦恼的一点是，丈夫坚持要去送机。

九点二十分，一楼的电梯门打开了，福斯特先生终于下楼了。福斯特先生上了年纪后腿脚就不那么灵便了，于是给家里装上了电梯。这会儿，他不紧不慢地走进客厅，嘴里抱怨着："这电梯嘎吱嘎吱的，我真该马上给维修公司打个电话。不过，我们现在要出发了吧？"

福斯特太太赶紧说："对对对，什么都准备好了，车子在等着呢。"福斯特先生看了妻子一眼，慢悠悠地说："不过，我还要耽搁一下，我要去洗手。"

又过了几分钟，福斯特先生才出现，福斯特太太三步并作两步走出大门，坐进车子。她丈夫慢条斯理地跟在后面，福斯特太太看着丈夫，心里突然冒出一个可怕的念头：丈夫是在故意折磨自己，这能给他带来一种变态的乐趣！

车子终于上路了，还没到机场，外面就开始起雾了，雾气越来越浓，车子不得不减速。福斯特太太绝望地喊道："我要死了，我赶不上飞机了。"她丈夫却冷冷地说："别傻了，这种天气飞机应该取消了，所以你不用担心。当然，如果飞机还要起飞，我同意你的话，你一定会赶不上。"

福斯特太太心里涌起一股怒意，但和以前一样，她什么也没说，扭头看向窗外，雾更浓了。她丈夫一脸轻松地说："得了，你还是放弃吧，去巴黎根本就是个傻主意。"

这时，车子停了下来，福斯特先生"哈"的一声笑了："怎么样，交通堵塞了吧？"

不料前排的司机回头说："不是的，先生，我们到了，这就是机场。"

福斯特太太忙从车内跳出，快步走进机场。机场里挤满了人，办事员告诉她，这班飞机暂延了。福斯特太太回到车旁，把情况告诉丈夫，让他先回家，不用陪自己了。丈夫点点头，就和妻子告别了。

福斯特太太一直在机场等到晚上，才得到消息，她的航班将延后到第二天上午十一点起飞。福斯特太太本想在机场凑合过一夜，可她年纪大了，一直坐着可受不了，于是她叫了出租车回家。

福斯特先生见到太太的第一句话是："巴黎好玩吗？"福斯特

太太没理会丈夫的所谓幽默,她注意到,家里的仆人都不在。福斯特先生告诉妻子,他刚灵机一动,给仆人放了假,太太出门的这段日子,他打算住到俱乐部去,这样他既不用操心家务,还能省了仆人们的薪水。

福斯特太太点点头,告诉丈夫,飞机改在明天上午十一点起飞,她订了明早九点的车。最后她对丈夫说:"这次,不必麻烦你去机场送我了。"福斯特先生看了一眼太太,慢吞吞地说:"也好,不过,你可以顺路先送我到俱乐部去吧?"

福斯特太太心里一沉,她微弱地反对说:"可是,俱乐部在市区,到机场不顺路。"丈夫却说:"可你有的是时间呀,你不愿意先送我一下吗?"福斯特太太嘴唇动了动,最后还是温顺地答应了。

第二天早上八点半,福斯特太太就在大厅等着出发了。九点过了一点,她丈夫坐电梯下来了。两人刚要出门,福斯特先生突然说要拿几根雪茄,让太太先上车去等着。直到九点十五分,他才走出来,慢悠悠地上了车。福斯特太太忙对司机说:"请你快开,已经迟了。"

引擎发出一阵吼声,就在这时,福斯特先生突然大叫:"等一等!"说着,他双手在大衣口袋里摸来摸去。

福斯特太太忙问:"怎么了?"丈夫说:"我有件礼物要托你带给女儿,是一个小盒子,可到哪儿去了呢?我记得下来时拿在手上的。"福斯特太太忙帮着在车里到处找,丈夫叹了口气,说:"我大概把礼物留在四楼卧室了,我马上回来。"

福斯特太太几乎哭着说:"我们来不及了,求求你别去了,你可以用邮寄。"丈夫却生气了,大声命令说:"坐着,我要去拿!"

福斯特太太只得坐在车里,安静地等着。时间一分一秒地过去,眼看九点半了,这时,她的手突然在她丈夫座位角落的缝隙里碰到一个硬物,她把手伸进去拿出来,那是一个小盒子。她发觉,这盒子是有人用力把它推到缝隙里面去的。

丈夫竟故意把盒子藏起来!可是,福斯特太太这会儿没空生气了,她对司机说:"我找到礼物了,我去叫他。"说着,她跳下车,跑向大门。

大门关着,福斯特太太打开皮包发疯似的找钥匙,终于找到了,她把钥匙插进锁孔,正要转动的时候,忽然停住了。她抬起头,动也不动地站着,整个人都好像凝固了。她似乎在倾听着什么特别的声音,只见她把耳朵慢慢地移近门板,最后贴到门板上。她就那样站着,手里拿着正要开门的钥匙,抬起头,耳朵贴着门,竭力倾听屋里传来的非常微弱的声音,并试图判别那是什么声音……

过了好几秒钟,福斯特太太忽然活跃起来,她把钥匙从锁孔里拔出来,跑向车子,高声对司机说:"不等他了,快开车!"

一直在观察着她的司机发觉她整个人一下子都变了,她脸色发白,神情不再懦弱呆滞,眼睛闪亮着,似乎变得刚强起来。司机犹豫地问道:"真的不用等先生了吗?"

福斯特太太坚定地说:"没关系,他可以自己叫车去俱乐部。快开!"

在福斯特太太的催促下,司机一路飞驰,刚好赶上飞机。没多久,福斯特太太就飞临大西洋上空了。

福斯特太太在巴黎度过了愉快的时光,她的外孙比照片上更可爱,她整天带着他们玩。每个星期,她都会写一封长信给丈夫,告诉他巴黎的趣闻。六个星期过去,她该回纽约了,女儿和外孙都很舍不得,福斯特太太却一点也不忧伤,还暗示大家,她很有可能会重回巴黎。

飞机在纽约机场降落,福斯特太太叫了车回家。在家门口,她按了门铃,没人来应门,于是她用钥匙打开门。首先映入眼帘的是地板上摊着的一大堆信,那是从信箱里滑下来的。屋里又黑又冷,还隐隐传来一股尸臭的怪味。

福斯特太太快步走过大厅,转向屋后的电梯间。几分钟后,她回到大厅,脸上露出满意的表情。随后她走进丈夫的书房,找到电话本,拨打了一个号码,"喂,我这里是六十二街九号,你们可不可以马上派人来,对对,好像是卡在二楼和三楼中间,我刚回家就发现它坏了。"

接着,福斯特太太放下电话,坐在她丈夫的书桌前,耐心地等着维修人员来修复她去巴黎那天早上坏掉的电梯……

(推荐:吴满)

万无一失的杀手

弗·福赛斯

〔英国〕

小辞典

弗·福赛斯（1938-），英国著名小说家，他的小说素有"杀手指南""间谍培训手册"之称，代表作有《间谍课》《最精妙的骗局》等。

微课堂

犯罪小说（Crime Fiction）是一种描述犯罪、侦查、动机与嫌疑犯的小说类型。犯罪小说包括几个子类型：推理小说、恐怖小说、硬汉派侦探小说等。早期犯罪小说中，爱伦·坡的《莫尔格街凶杀案》《失窃的信》都是相当重要的作品。

马克·桑德森刚满四十岁，就已经积累了上亿英镑的财富，美中不足的是，他依然孤身一人。桑德森曾觉得，自己永远遇不到那个命中注定的她了，直到在一个聚会上，他邂逅了萨默斯夫人。

萨默斯夫人身材高挑，一张脸算不上时髦艳丽，但可以说文静秀美。她那亮晶晶的栗色头发盘在脑后，看上去很健康。桑德森只和她聊了一小会儿，就发现自己被她那幽默、温和的魅力所吸引。当晚回到家里，桑德森躺在床上，眼睛盯着天花板，脑海里出现的全是萨默斯夫人闪亮的栗色头发。

第二天，桑德森邀请萨默斯夫人吃晚饭，吃饭时，她谈吐聪明自如。一顿饭吃完，桑德森感觉自己已经像一个十七岁的男生那样为她神魂颠倒了。

聊天中，桑德森得知，萨默斯夫人和丈夫居住在西班牙海岸边的一座农舍里，靠丈夫写关于鸟类的书和她自己教英语的微薄收入过日子。这次，她回英国来看望父母，一周后就要回西班牙了。

桑德森信奉速战速决，于是立刻展开了热烈的追求。在萨默斯夫人返回西班牙的前一晚，桑德森正式请求她离开丈夫，离婚，然后他们结婚。萨默斯夫人摇摇头，说："我不能那样做。我嫁给了阿尔奇，我不能离开他。"

桑德森感到一阵愤怒，他憎恨西班牙那个挡道的未曾谋面的男人。"他有什么比我强呢？"

萨默斯夫人苦笑了一下："没什么比你强的，但他需要我。没有我，你照样能过日子，他就不行了，他没有这个能力。"

桑德森忍不住咬牙讽刺道："那么，你是打算与他厮守终生，至死不渝了？"

对于桑德森的嘲笑，萨默斯夫人没有生气，反而点点头，说："是的，至死不渝。我很抱歉，马克，假如我没有嫁给阿尔奇，事情也许就会不一样了，可我已经嫁给了我的丈夫，所以我们之间是不会有结果的。"

第二天，萨默斯夫人就走了。桑德森感到了前所未有的孤独，他以前从来没遇到过什么挫折，与大多数有权有势的人一样，十多年来，他早已把道德抛到了九霄云外，他决定，无论用什么手段，都要把这个女人搞到手。既然她对丈夫"至死不渝"，那么，要解决问题只有一个办法了。

桑德森先匿名联系了一个私家侦探，搞到了萨默斯夫人丈夫的照片，以及他们在西班牙的住址。私家侦探还给了一份文件，记录了他们的日常活动：妻子上午去伯爵夫人家里为三个孩子做英语家教；下午三点到四点她必定会去海边晒太阳、游泳，而这段时间丈夫通常在家里写关于鸟类的书。

接着，桑德森开始了第二阶段的行动。他用假名在伦敦的一家图书馆办了一张借阅卡，然后从"雇佣军"这个大标题开始查阅，把相关的资料全都翻阅了一遍。一星期后，桑德森在一本回忆录中找到了一个他想要的人，那是个雇佣兵，参加过三次战役，退伍后在欧洲干着某种见不得光的职业。

很快，桑德森通过他的渠道联系了那个雇佣兵，两人约定在巴黎的一家咖啡馆接头。

桑德森赶到巴黎，按照约定的时间来到咖啡馆，对着墙壁打开《费加罗报》的最后一版。这时，他面前的椅子被拉开，一个男人坐了下来。桑德森放下报纸，打量着眼前的男人，这人高高瘦瘦，黑头发黑眼睛。桑德森把两张照片递过去，其中一张是一个男人的面部照片，那是萨默斯夫人的丈夫；另一张照片上是一栋白色的小农舍，配着鲜黄色的百叶窗，照片背面写着地址。

桑德森再三强调："必须在下午三点到四点间动手，那时房子里只有他一个人。"

他们又在价钱上谈了十分钟，终于达成了协议。最后，桑德森交代说，这事不能留下任何痕迹，不能有任何可能追查到他身上的蛛丝马迹，要把这事弄得像是入室抢劫出了差错。

杀手微笑道："这正是我的特长，在圈子里，我以谨慎闻名。放心吧，绝对不留痕迹，万无一失。"

桑德森随即离开咖啡馆，回到伦敦后，他开始焦急地等待消息。

话分两头，杀手离开咖啡馆后开始思考这件工作。合同内容本身并不麻烦，直接射杀一个毫无警惕的人很简单，问题是怎样把枪械安全地带进西班牙。最后，杀手想到了一个方法。他到书店里买了一本书，这是一本关于西班牙历史的书，又昂贵又厚重。杀手把书页的中间部分挖空，在方形的空洞内侧涂上一层厚厚的胶水，等胶水凝固后，他拆开一支小巧的勃朗宁手枪，把包括消声器和弹夹在内的部件放进书中的空洞，接着，他在这些部件上覆盖了一块薄薄的塑料泡沫，抹上胶水。一个小时后，这本书已经变成一块实心砖头，必须得用刀子才能撬开。

杀手把这本书放进一只装印刷品的厚信封，作为航空邮件把它寄往了西班牙的一家豪华酒店。

几天后，杀手坐班机飞抵西班牙，来到那家他已订好房间的豪华酒店。他到服务台出示护照后，服务生马上想起，这位先生预订房间时，还委托酒店代收一本邮寄过来的书籍。服务生热情地把邮件递给了他。

到了自己的房间，杀手打开信封，用折叠刀撬开书的封面，取出手枪的部件，全部装配了起来。

第二天上午，杀手用假名租了一辆车出发了。酒店离目的地有五十五英里，他用了两个小时到达那里。快到三点钟时，他发现了那座墙体漆成白色、带黄色百叶窗的农舍。杀手把汽车停在房子前方两百码处，肩上斜挂着旅行包，就像一个游客，假装闲步朝海滩方向走去。他察看着农舍，发现通过一扇落地窗，可以从后花园进入农舍，现在这落地窗正大开着通风。更让杀手高兴的是，这时突然下起雨来了，雨声会把枪声完全掩盖住的。

　　杀手悄悄地走进农舍，他听到了打字机发出的"嗒嗒"声，便拔出手枪，打开保险准备开火……

　　萨默斯先生此时正在书房里工作，全然不知道会发生什么。他看到一个人站在书房门口，正要起身问他有什么事情，这时候，只听到"噗噗"两声，他的胸部就中了两颗子弹。杀手在尸体旁跪下来，用食指去探测脉搏。他还没来得及站起来，就突然转身看见客厅的门发出了动静……

　　第二天晚上，在巴黎的咖啡馆里，杀手和雇主又碰面了。头天半夜时分，杀手就返回了巴黎，一早打电话报告了消息，桑德森当即从英国飞过来。这位雇主把剩余的钱递过去，看上去非常紧张，他问道："没遇上麻烦？"

　　杀手无声地微笑着，摇了摇头："非常简单，那位先生已经死透了，两颗子弹射进了心脏。"

　　"没人看见你？"桑德森问道，"没有目击证人？"

　　"没有。"杀手站起来，把钞票塞进衣袋里，犹豫了一下，说，"虽然最后时刻有一个小插曲——当时下雨了，有个人走进来，看到我蹲在尸体旁边。"

　　桑德森惊恐地凝视着杀手，问："什么人？"

"一个女人。"

桑德森感觉自己不能呼吸了,他问:"高个子,栗色头发?"

"是,长得还不错。"杀手看着雇主脸上恐惧的样子,在对方的肩头拍了拍,安慰说,"别担心,先生,事情办得万无一失,我把她也杀了。"

(推荐:罗印熊)

魔 瓶

罗伯特·路易斯·史蒂文森

〔英国〕

小辞典

罗伯特·路易斯·史蒂文森（1850-1894），英国小说家、诗人与旅游作家，19世纪后半叶英国伟大的小说家，也是英国文学新浪漫主义的代表之一。代表作品有长篇小说《金银岛》《化身博士》《绑架》《卡特丽娜》等。

微课堂

英国的浪漫主义文学，代表了19世纪欧洲浪漫主义文学的最高成就。英国浪漫主义内部思想精神复杂，有柯勒律治的浪漫的超自然主义、华兹华斯的英国国教的正统主义、拜伦的革命的自由主义、司各特的对以往时代的缅怀等。

纪威是个海员，有着丰富的航海经验。一天，他来到一个从未到过的小岛，上岛去散步。突然，他被眼前一座童话似的别墅吸引了，只见那屋前的鲜花像宝石一样盛开，阶梯像银子一样闪光，窗户像钻石一般明亮，纪威惊奇地看着这一切，心想：多么漂亮的房子啊！住在里面的人一定很有钱，很幸福！就在这时，他发现别墅里有个男人透过窗户也在看他，这个男人上了岁数，脸上神色悲哀。

男人招呼纪威进屋去，邀请他参观了整幢别墅，从地窖到屋顶露台，没有一处不完美。纪威羡慕地对男人说："这是我见过的最美丽的房子，要是我住在这样的房子里,我会整天欢笑,你怎么还在叹气呢?"

"你想要这样的房子吗?这并不难。"那男人说,"你有钱吗?"

纪威摸了摸口袋,说:"我带了50美元。"

那男人计算了一下,说:"好,50就50吧,你花50美元,就能得到这一切。"

男人告诉纪威,别墅里的一切,都来自于一个魔瓶。瓶子里住着个小魔鬼,谁买了这个瓶子,小魔鬼就听他的指挥;瓶子主人渴望的一切:爱情、名誉、金钱,像这幢别墅一样的房子……只要他一说出来,就全是他的了。

纪威将信将疑,他不明白那男人为什么要卖掉这个瓶子。

那男人说:"我想要的全都有了,可是我渐渐老了,有一件事情这魔鬼没法做到:他不能延长生命——而且,这瓶子还有个致命的缺点,如果一个人在卖掉瓶子以前死去,他死后就得永远在地狱的烈火里受煎熬。"

纪威有点心动了,但他还是不太明白:为什么这个魔瓶会卖得这么便宜?

那男人解释道:"很久以前,当魔鬼初次把瓶子带到人间的时候,它卖得极其昂贵,可是这瓶子有个特点,只有亏本出售,才能把瓶子卖掉。如果你按原价或者高于原价出售,它就会像信鸽一样又回到你那儿。因此,几百年来瓶子的价钱一直在下降,眼下这瓶子便宜得出奇。我本人只花了90美元就从邻居手中买了下来,我最高可以卖到89美元99美分,再贵1美分也不行。"

纪威还是不能完全相信这是真的。

"你可以马上试试。"那男人进一步解释道,"把你那50块钱给我,拿起瓶子,祈求这笔钱回到你的口袋里。要是瓶子连这一点都做不到,我向你保证把钱还给你。"

纪威想了想,决定冒一次险。他把钱付给了那男人,那男人把瓶子递给了他。纪威拿着瓶子,张口说道:"我要收回那50美元。"话音刚落,纪威的口袋又像先前一样沉甸甸的了。

纪威拿了瓶子,在回船的路上,又试了两次。一次他将瓶子抛弃在街上,一次是以60美元卖给一家古董店,但都没有成功,结果瓶子反而神不知鬼不觉地比他先回到船上。

纪威有个好朋友叫罗帕卡,也是个海员。纪威将瓶子的故事原原本本地告诉了罗帕卡,还承诺说,等自己拥有了一座梦想中的房子,就让罗帕卡买这瓶子。

船一回到纪威的家乡,便有律师告诉纪威,他的叔叔和侄儿都死了,给他留下了一大笔财产,足够他造房子的了。纪威得到房子后,兑现了自己的诺言,将魔瓶转让给了罗帕卡,这样他就没有后顾之忧了。他终日欢天喜地住在新建的别墅里,附近的人们都把这幢美轮美奂的房子叫做"光明宫"。

一天,纪威去看朋友,在海边邂逅了一位姑娘,她叫柯库娅,两人一见钟情,很快订下了婚事。婚礼举行的前一天,纪威兴高采烈地吩咐仆人准备洗澡水,他一边洗澡一边唱歌,歌声在光明宫里回荡。不一会儿,歌声突然停止了,原来,纪威在洗澡的时候,发现自己身上有一块斑,好像石头上的苔藓,他意识到,自己得了麻风病。

那一夜，纪威一刻也没有合眼。他想得很多，他不愿意伤害柯库娅，不愿意给她带来危险。第二天，他给柯库娅写了一封信，说要推迟婚礼，然后登上了航船，去寻找罗帕卡，希望能再一次得到那瓶子，治好自己的病。

几经周折，纪威终于找到了那个瓶子的下落，瓶子现在的主人是一个脸色苍白的青年，纪威一问价钱，青年竟然是用2美分买来的瓶子；换句话说，纪威只能用1美分去买它；纪威不由得打了一个寒噤：这意味着，他买了瓶子后就再也卖不出去了，那个魔鬼会一直跟他在一起，直到他死，他死后，魔鬼会把他带到地狱的火坑里去受煎熬。然而，纪威很坚决，他已顾不得这么多了，他爱柯库娅，他现在只想和她在一起。

瓶子又回到了纪威手中，他的手刚抓住瓶脖子，就说出了那个愿望：他想成为一个健康的人。他回到船上，对着镜子脱光了衣服，发觉身上的皮肤竟像婴儿一样细腻光洁。

纪威回到光明宫，把柯库娅娶回了家。柯库娅把全部身心都交给了纪威，她一见到他就心跳加速，在光明宫里，她的歌声不断，像小鸟一样欢唱。纪威高兴地瞧着她，听她唱歌。可是，当他独处的时候，他却惶恐不安，似乎听到地狱的火焰在噼啪作响……

终于有一天，柯库娅发现了丈夫的秘密，在柯库娅的请求下，纪威将瓶子的事完完全全告诉了她。柯库娅听后，告诉丈夫，在法国有种硬币叫生丁，1美分相当于5个生丁，何不到那些法属群岛去想法卖掉瓶子呢？纪威激动地拥抱着柯库娅，说："亲爱的，你是个天才！"

于是，两人马不停蹄地行动起来，他们赶到了法属岛屿，可那里的人们不相信他们说的话，是啊，谁会用4个生丁的低价出售能带来财富的瓶子呢？夫妻两人感到了前所未有的绝望。

然而，柯库娅是个聪明的姑娘。一天晚上，在纪威睡着后，她溜出了门，在一个街道拐角处，她见到一个乞讨的老头儿。她对老头说了许多好话，求老头答应她，花4个生丁从她丈夫手中把瓶子买来，随后她再花3个生丁买进。最后，老头儿答应了她的请求，不久，老头带着瓶子回来了，他告诉柯库娅，她丈夫卖出瓶子后，像小孩似的哭了起来。

柯库娅回到家里，纪威已经像孩子似的睡着了。她凝视着丈夫的脸庞，想：我的丈夫，现在轮到你睡了，可对我来说，唉！再也睡不好觉，再也不会欢快地唱歌了。她痛苦地在丈夫身边躺下，沉沉地入睡。

第二天早上，纪威叫醒了柯库娅，告诉她瓶子已经卖出去了的好消息。柯库娅只是淡淡地微笑着，纪威在狂喜中一点儿也没觉察到她的痛苦。他感谢妻子救了他，称她是世上少有的贤内助，同时他嘲笑那个买下瓶子的老头儿："他还以为自己捡到了便宜，真够傻的。"柯库娅却低下头，说："我的丈夫，他的用心也许是好的。你和我一起为可怜的瓶子的新主人祈祷吧。"

接下来的时间，柯库娅推说病了，常常独自待着，她整天都在想着有什么机会能以2个生丁的价格卖掉那个瓶子。她坐卧不安，一会儿拿出瓶子，一会儿又把它藏起来；纯洁的她连想也没有想过，要靠这瓶子捞点什么好处。

由于柯库娅总是一个人待着,不愿意和纪威一起逛街,也不再和他快乐地聊天,纪威感到很不高兴。他觉得柯库娅变了,说她只为那个买了瓶子的老头儿着想,没有考虑到自己的丈夫,对他不够忠实。于是,纪威常常在城里游荡,渐渐结识了一帮坏朋友,其中有一个是城里出名的无赖,这无赖朋友唯一关心的,就是怎样骗光纪威的钱给自己买酒喝。

有一次,纪威已经醉得迷迷糊糊了,无赖朋友唆使他说:"女人都是虚伪的,你老婆也许有什么花样,你得看着她。"这话打动了纪威,于是,他带着这个朋友,蹑手蹑脚地回到旅馆,从后门朝里张望。这一看,他惊呆了:只见柯库娅坐在地上,身旁点着一盏灯,她的面前就是那个可怕的瓶子,她正没精打采地瞅着它。

"是她买了那个瓶子!" 纪威感到毛骨悚然,双膝发软,酒也给吓醒了。他想了想,决心把事情搞个清楚。于是他关上后门,轻轻地绕到前门,然后和以往一样,装成喝醉了的样子,吵吵嚷嚷地从前门进了屋。只见柯库娅坐在椅子上,瓶子也不见了;纪威又在以前放瓶子的箱子里找了找,也没见着瓶子。于是,他告诉柯库娅,自己是回来拿钱的,他还要出去和朋友们一起痛饮。

走出家门,纪威来到那个无赖朋友跟前,镇静地说:"我老婆有个瓶子,能满足人的各种要求。除非你帮我搞回瓶子,否则以后我都不会再请你花天酒地了。这儿有2个生丁,你去找我老婆,说要买那个瓶子,把钱给她,她会马上给你瓶子的;我再从你那儿花1个生丁买回瓶子。我只有一个条件,就是绝不能对她说,是我让你去买瓶子的。"

朋友照纪威说的去做了。不久以后，他就回来了，那个魔瓶就扣在他的外套上，他晃晃悠悠地走到纪威身边，说："这是个挺好的瓶子，既然我花2个生丁买到了它，我就不会只要1个生丁就卖掉它。"

"你是说你不卖了？"纪威着急地问，他的心已经跳到了嗓子眼。

"不卖了！"无赖朋友叫道。

"我告诉你，"纪威说，"有这瓶子的人是要下地狱的。"

"哈哈，你以为我是傻瓜吗？"无赖朋友大笑着回答，"我听说，你的所有财富都是从这个瓶子里来的，上哪去找这么好的瓶子？你想只出1个生丁买回它？做梦！"无赖朋友说完，就带着瓶子扬长而去……

这就是魔瓶的故事。从此，纪威和柯库娅过上了平静安宁的日子。

（改写：王思青）

贵妇的谎言

彼得·拉佛西

〔英国〕

这天夜里,勋爵夫人丹尼斯在睡梦中突然惊醒,她感觉有只手搭在自己的肩上,不禁"哇"的一声尖叫起来,紧张地问道:"谁?"

"是我,别怕,亲爱的!"那人说着扭亮了床头的台灯。

原来是丈夫艾德里安勋爵!丹尼斯长长地出了口气,埋怨道:"你回家来为什么也不先打个招呼?"

丹尼斯知道,近来英国经济不景气,丈夫在董事会忙得不可开交,老是要到伦敦出差。而她呢,则住在乡下的庄园里,与丈夫是聚少离多。由于他们没有孩子,丹尼斯在家里过得相当冷清。她曾把妹妹贾尼斯邀来庄园做伴,没想

小辞典

彼得·拉佛西(1936—),英国著名推理小说作家,获奖无数,当中包括安东尼奖和英国犯罪作家协会的钻石匕首奖。在他的作品中,"克立伯警官系列"及"彼得·戴蒙系列"最为人熟识。

微课堂

英国的贵族爵位共有五等,依次为公爵(Duke)、侯爵(Marquess)、伯爵(Earl)、子爵(Viscount)和男爵(Baron)。除了公爵,所有拥有爵位的男性贵族在普通场合可称为"某某勋爵"。

到妹妹个性太嚣张，没多久，姐妹俩就分道扬镳了。

"我……"艾德里安吞吞吐吐的，听起来还有点紧张，这引起了丹尼斯的警觉，她问道："生意有麻烦了？"

"不是生意问题，我、我今晚开车撞了人！"艾德里安重重地叹了一口气，把事情的经过讲了一遍，说在A337公路上有个家伙想搭便车，冲到了马路中央，他一时来不及刹车，撞了上去，那人当场毙命。

丹尼斯惊呆了："人被撞死了？"

"是的。"艾德里安低下了头，"但我没敢报警。和那人在一起的还有个女孩，吓得当场晕过去了。我下了车，见那人死了，就赶紧开车逃了。"

丹尼斯两眼瞪得滚圆："你把他们扔下了？"

"唉，怪就怪我开完会后喝了不少酒。你知道这意味着什么！如果警察做酒精测试，那我肯定要坐牢的！"

丹尼斯抬头瞪着丈夫："那你把那女孩也丢在路边不管？"

艾德里安苦笑一声，说："她不会认出我的，她吓傻了。我注意到当时有好几辆车经过，可没有一辆停下来，但我担心有人会记下我的车牌号码，然后报警。"

艾德里安抬起头，声音变得异常的温和："你明白，我这么做也是为了我们这个家。如果警察来了，"他顿了一下，"亲爱的，你愿不愿帮助我，说我整晚都和你待在家里？"

丹尼斯倒吸了一口冷气："你是要我帮你撒谎？"

艾德里安哀求道："亲爱的，求求你了，看在上帝的分儿上，

贵妇的谎言·29

如果连你都靠不住,那我还能指望谁?"

丹尼斯沉默了,她脑子里折腾了好一会儿,最后才下定了决心,说:"好吧,我答应你,不过你得带我去检查一下车子,看有没有留下什么蛛丝马迹。警察如果来查问,肯定要先检查车子的。"

"车子没有问题!那人撞在保险杠上,就像皮球一样弹开了。我检查了车身,没有划痕。如果警察来问,他们什么也得不到。全靠你了!你对警察说,我七点钟到的家,然后足不出户。"

丹尼斯提醒道:"为保险起见,我们还是去看看车子吧,艾德里安,你酒喝多了,未必能发现车子上的痕迹。"

艾德里安听听也有道理,就说:"那好吧。"丹尼斯赶紧披上外衣,拿了个手电筒和丈夫一起下了楼。

车就停在庄园外的车道上,丹尼斯仔细检查了一下车子,发现丈夫说得没错,上面果然没有明显的痕迹。丹尼斯揿灭了手电筒,说:"把车停回车库里吧。"

艾德里安忙点头,道:"说得对!你开进去吧,我现在手脚不利索,会刮伤车子的。"说着,他把钥匙递给丹尼斯,自己则去打开车库。

丹尼斯坐进车,一股浓烈的气味扑面而来,她感到有点儿不对劲,再深吸一口气,女人的敏感使她感觉哪里一定出了什么问题,顿时脸色大变……

回到屋子里,艾德里安说想再喝一杯。丹尼斯没有理睬他,独自上了楼上的卧室,拿起了床边的电话……

等艾德里安手里拿着杯威士忌进了卧室,丹尼斯劈头就问:"那女的是谁?"

"你说什么?"艾德里安手一抖,酒杯里的酒差点泼了出来。

"别装聋作哑了!你回答我,今晚和你一起待在车里的那个女人是谁?刚才我闻到车里全都是廉价香水的味道。"

艾德里安呆住了。他开始装起糊涂来,说董事会散会后,有位女同事顺便搭了他的车。

"我才不信你的鬼话呢!你说,那个娼妇到底是谁?"

"根本不是那么回事,亲爱的。"

"你是准备和她过夜的吧。你回家是因为出了事,想让我给你做不在现场的伪证!"

"你冷静点。"

"冷静点?告诉我她的名字!"

"不记得了。"

"你当我是什么?你这个没良心的蠢货!"

"你冷静点,好不好?"

"我在庄园里独守空房,一守就是一个星期,而你却在外面和别的女人风流快活。'在伦敦开会',见鬼去吧——是在旅馆开的吧?"

"丹尼斯,不说这些好不好,警察随时都会来的。"

"他们已经往这儿来了。"

"什么?"艾德里安瞪圆了通红的双眼。

"我刚才给他们打了电话,和他们说了你的事。"

艾德里安听了,似乎还不相信。

"要不了几分钟,警察就会赶到这里,到时你就能看到一闪一闪的蓝色警灯。"

艾德里安这下全傻了，跌跌撞撞走到阳台上，两手抓住栏杆，远处，警笛声隐约可闻。他转过身，怒吼起来："女人疯了真可怕！告诉你吧，那女的是你亲妹妹贾尼斯，我们已经好了几个月了。"

丹尼斯一听，血直往头上涌，她像发怒的狮子般一边叫着，一边狠命地撞过去，艾德里安猝不及防，向后倒去，整个人从阳台上翻落，重重跌了下去⋯⋯

这时，丹尼斯也彻底清醒了。

警笛声越来越近，丹尼斯想了想，一口气灌了两杯白兰地，然后，揉乱了头发，一步一步走下楼梯，来到丈夫身边，号啕大哭起来。

不一会儿，警车就开到了。上面下来几个警察，围了过来。丹尼斯哭诉道："你们来得太晚了。我试图阻止艾德里安，可他还是自杀了。"

一个警察蹲下身子摸了摸脉搏，确认艾德里安已经死亡，便转向丹尼斯问道："这一切是怎么发生的？勋爵夫人。"

丹尼斯答道："今天，我丈夫回到家时，状态非常糟糕，告诉我说他出了车祸，撞死了人，一时惊惶失措逃离了现场。我试图使他冷静下来，可他还是控制不了自己的情绪，就从阳台上跳了下去。"

"他说是他出的车祸，是吗？"

"是的。他还说那个男的已经死了。"见警察迟疑了一下，丹尼斯又追问了一句，"是这样吧？"

"我们接到报告，说一个男的今晚在A337公路上被撞死了。有人记下了肇事的车牌号，我们查到，注册的是你丈夫的名字。"

这样看来，她的故事真的天衣无缝了，丹尼斯又假装悲痛地说：

"太可怕了!这么突然,真是个悲剧。"

"是的,尊敬的勋爵夫人,现在我想看看车子。"

丹尼斯告诉警察,车子已经被艾德里安停进了车库。

二十分钟后,警察回到了屋子里,问:"您和艾德里安勋爵之间一切都还好吧,夫人?"

"很完美。"她不假思索地回答道。

"婚姻很幸福?"

"绝对幸福。"

"您今晚喝了多少?"

丹尼斯心中掠过一丝不安,想了想,说:"早些时候喝了点白兰地,压压惊的。我现在很清楚我在说什么。"

"抱歉,我们要对您进行酒精测试。"

"为什么?我今天没开车来着,我一个晚上都没碰过车。"

"请您听我把话说完。是这样的:撞人逃逸的车子是一个女人驾驶的,有两个目击证人都可以证明。那个和受害人一起的女孩也说,车上有个男人下来,可那个女人就坐在驾驶位上没动。"

女人?丹尼斯脑子里一闪而过,艾德里安一定是让妹妹贾尼斯开的车,这个该死的!

"如果那个女人不是您,也就没有什么问题了。待会儿我们会提取车门和方向盘上的指纹,和您作个对比。嗨,车子里的香水味可真浓啊!"

丹尼斯这下矛盾了,眼下她有两种选择:一是供出贾尼斯。可这么一来,自己杀死艾德里安的动机也就暴露了,那将犯下谋杀罪啊！还有一个是……因为是她把车开进车库的，方向盘上都是她的指纹。

想到这，丹尼斯装作十分忏悔的样子，痛哭道："人是我撞死的！是我开的车！艾德里安深感绝望，他知道我会因此而坐牢，不能忍受和我分离的痛苦。这是他自杀的原因。"

没多久，法院做出了判决，丹尼斯因开车过失杀人，被判蹲两年的监狱。

（改编：五行）

黄蜂疗法

伊塔洛·卡尔维诺

〔意大利〕

小辞典

伊塔洛·卡尔维诺（1923-1985），意大利当代最有影响力的作家。他的作品风格多样，趣味性和哲理性兼备，现实性和魔幻性共存。代表作有《树上的男爵》《看不见的城市》等。

微课堂

卡尔维诺搜集整理的《意大利童话》于1956年成书，最大限度地保持了意大利民间口头故事的原貌，艺术价值和学术价值兼具，是再现意大利"民族记忆"之深厚积淀的不可多得的作品。

这年冬天，天气阴冷潮湿，小镇上很多人深受风湿病的折磨。有个叫马可瓦多的男人，他的妻子和小女儿也得了风湿病，痛苦不堪。

这天，报纸上的一篇介绍黄蜂的文章吸引了马可瓦多的注意力，他喃喃自语道："黄蜂刺上的毒汁真能治疗风湿病吗？"他又反反复复地看了几遍，最后决定试试看，即便失败了，也不碍事。这一不浪费钱，二不伤人，谁小时候没被黄蜂蜇过两三下呢？

于是，马可瓦多便开始捕捉黄蜂。他来到公园里，竖起耳朵留心听着各种嗡嗡声。凡在他周围飞舞的昆虫，他都要盯着看一看。

功夫不负有心人，马可瓦多注意到：一只腹部饱满的黄蜂在空中盘旋一阵之后，就钻进了一个树洞里。马可瓦多听到树洞里"沙沙沙"的响声，还有成群结队的黄蜂飞进飞出，这说明了：树洞里有一个大大的蜂巢。

于是，马可瓦多拿出随身携带的一只圆形玻璃瓶，他特意在瓶底涂上了两指厚的果酱。他打开瓶子，放在树洞旁。很快，一只黄蜂飞了过来，在瓶子四周"嗡嗡"地飞动，在果酱甜味的引诱下，它钻进了瓶子。马可瓦多动作敏捷地捂住瓶口，欢呼着："抓到了抓到了！"

"你抓到什么了？"旁边的一个小老头注意马可瓦多已经很久了，便凑上前来问。

马可瓦多把前因后果那么一说，小老头一听，两眼发光："上帝啊，我也被该死的风湿病折磨得够呛，你先给我扎一针吧！"接着他说自己是个孤苦老人，没钱看病。

马可瓦多是个热心肠的人，他一听，立刻满口答应。

小老头连衣服都不用脱，他满怀希望地撩起了大衣和衬衣的边角，从破棉毛衫的一个洞口露出他腰痛的部位。

马可瓦多把瓶口对准了他的腰，抽去了瓶盖，但黄蜂在瓶子里一动不动。莫非它睡着了？为了让它醒过来，马可瓦多用力敲了一下瓶底。这一敲真管用，黄蜂受到刺激，马上向瓶口冲去，把毒刺扎向小老头的腰部。

"哎哟！"小老头疼得猛然站了起来，他一边揉搓着被刺的部位，一边冒出了一连串骂人的话，"妖怪……魔鬼……"他挺着胸膛把马可瓦多好好数落了一遍，数落完，他才发现，咦，自己还从来没有这样威风凛凛地挺直过腰板呢！看来这黄蜂疗法的确有效。

马可瓦多第一次试验成功，便又欢天喜地地装了两只黄蜂回家。他先说服妻子接受了治疗。妻子连连抱怨黄蜂刺得她灼痛难忍，但似乎风湿痛也减轻了不少。女儿不肯被蜇，她哭闹着被爸爸扎了一针，但小孩子嘛，很快就忘了疼痛，又嘻嘻哈哈的了。

当天晚上，公园里的小老头找到了马可瓦多家，这次他除了要求再多扎一针，还带来另一个老头子。那人拖着一条腿，求马可瓦多马上开始治疗。

就这样，一传十十传百，马可瓦多能用黄蜂治疗风湿病的消息很快传遍了小镇。每天，马可瓦多的家里总是挤满患者，里面可不光光有孤老、乞丐、流浪汉，还有很多衣着体面的绅士和淑女。马可瓦多的技术也越来越娴熟，他把瓶子像针管一样按在病人的腰上，然后撤去瓶盖。待黄蜂蜇完后，他就像一个老练的医生一样，从容自在地用酒精棉球在蜇过的地方擦揉。

现在，马可瓦多总是留有半打黄蜂备用，那些装黄蜂的玻璃瓶都排放在一个搁板上，一个瓶子里只装一只黄蜂。如果黄蜂用完了，他就派女儿去抓。

现在女儿即便被黄蜂蜇了，也不哭不闹，她知道，这对身体有好处，别人还要花钱被蜇呢！

女儿的胆子越来越大。这天，她为了抓得快点，抓得多点，直接把瓶子伸到蜂巢里面去了。一开始，她没察觉异样。当蜂巢里冒出黑压压一大片东西，并发出震耳欲聋的嗡嗡声时，她知道闯祸了。

天啊,被激怒的黄蜂全部出动,成群结队地飞了出来!

女儿虽然害怕,但还是不忘记使命,拿起瓶子,拔腿狂奔,就跟小汽车似的。那团黄蜂群呢,就像汽车后面冒出的滚滚尾气,紧紧地跟在她后面。

一个被追赶的孩子能往哪里跑呢?当然往家里跑!

此时,马可瓦多正在对他的病人们说:"你们再耐心等一会儿,黄蜂马上就到。"果然,当女儿敲响房门,马可瓦多打开房门,一窝黄蜂闯入了房间。

房间里到处都是黄蜂,病人们挥动胳膊,竭力想赶走它们,但无济于事。

不过病人们的动作却奇迹般的敏捷轻巧起来,僵硬的关节在剧烈的运动中也变得灵活自如了。

很快,消防队员们来了,救护车也来了。

马可瓦多的病人们统统被抬进了医院,他们大声咒骂马可瓦多是个庸医,发誓要和他算账。

其实啊,他们不知道,马可瓦多也一起被送了进来,就躺在他们中间,大气也不敢出呢!幸运的是,马可瓦多的脸被黄蜂蜇得面目全非,谁也认不出来啦!

(改编:董恩)

荣誉退休

艾迪特·施密茨

〔德国〕

微课堂

叙述性诡计，指的是作者利用文章结构或文字技巧，把某些事实刻意地对读者隐瞒或误导，直到最后才揭露出真相，让读者感受难以形容的惊愕感。

有些精于制造反转的作家，常会用叙述性诡计，带领读者走进一个看似是死胡同的地方，最后柳暗花明，将出人意料的真相和盘托出。

埃默是某警局盗窃侦查科科长，再过一个星期，他就要荣誉退休了。哪想到，这段时间他却碰上了一起连环盗窃案，三个星期内竟有六家药店连续被盗！更糟糕的是，直到现在，这件案子他还是一头雾水。

这天快要下班时，埃默和他的助手来到局长办公室，只见局长挺着个啤酒肚子，一脸不满地说："这已经是第六起药店盗窃案了，你们难道一点线索也没有找到吗？"

埃默痛苦地摇了摇头。

局长生气地摆摆手，说："你们回去吧，再过一个星期，如果案件还是没有进展的话，"他停了停，瞪了埃默一眼,"我就免了你的职,到那时,你就不再是荣誉退休了!"

助手知道埃默心里很难受,就主动开车把他送回家,接着,两人再次打开一摞厚重的卷宗,一页一页翻过去,试图找到蛛丝马迹。

过了一会儿,助手的烟瘾上来了,对埃默说:"长官,您家里有烟吗?"埃默说酒柜里有,叫他自己去拿。助手走过去,打开酒柜,笑眯眯地拿起了一盒香烟:"哈哈,还是帝国牌的呢——"

话音未落,两个人突然就愣住了,他们同时悟到:在六家被盗的药店门口,侦查人员都发现了帝国牌香烟。要知道,这种牌子的香烟现在市面上已经很少见了。

助手知道,长官没有抽烟的习惯。

埃默心中掠过一丝不安。他有两个儿子,大儿子原来也是一个警察,可不幸在一次追捕活动中因公殉职。小儿子叫韦尔纳,可能受了家庭的影响吧,曾经提出想当警察,可埃默考虑到警察职业的危险性,所以一直反对,为此,父子俩闹了不小的矛盾。特别是韦尔纳的妈妈死后,父子俩更是很少说话了。韦尔纳常常独往独来,从不和父亲打招呼……

助手似乎看出了长官的心思,就打哈哈安慰道:"这只是一个巧合。"

可埃默不这么想,他指示助手马上采取行动,把韦尔纳用过的茶杯包起来,送到警局做指纹鉴定。

埃默在家中静静地等着结果。很快,助手打来电话,说茶杯上的指纹与案发现场的烟蒂指纹完全吻合!

埃默像被人重重打了一拳似的,一下子就瘫倒在沙发上……

两个儿子，一个被罪犯杀害，另一个却成了罪犯……这怎么可能？过了好一会儿，埃默才回过神来，他想趁韦尔纳还没有回家，再查查有没有新的证据，于是，他重又打起精神，进了韦尔纳的房间，展开地毯式搜查。

有道是不搜不知道，一搜吓一跳。很快，埃默便找到了一张城市地图，地图上标注了几个红色的小圆圈，并用一条蓝线连了起来。他数了数，蓝线上一共有六个圆圈，正与遭到盗窃的六家药店相对应。看到这些，埃默脑子里顿时嗡嗡作响：真没想到，儿子竟然就是自己一直苦苦追寻的盗窃犯！

埃默拿着地图的双手颤抖起来，愤怒和悲伤涌上心头，他大口大口地喘着气，但是他清楚，在犯罪现场，没有父亲与儿子，只有警察和嫌疑犯。

片刻之后，埃默渐渐冷静下来，他拿起地图又仔细端详了一番。这时，他发现，地图上还标注了第七个圈：阿德勒药店，那是本市最大的一家药店，也就是说，它将是罪犯的下一个目标。而且，韦尔纳这么晚没有回家……埃默毫不犹豫地给助手打了个电话，通知他立即报警。

出发前，埃默佩带好手枪，可手铐却怎么也找不到了。因时间紧迫，他只好先赶往阿德勒药店。

当他到现场时，警方已经在药店周围布下了天罗地网，抓捕工作已准备就绪。

助手过来，压低声音对埃默报告说："我去看过了，药店的后门已被撬开，门还半掩着，那家伙肯定还在店里面！"

荣誉退休·41

埃默点点头,说:"好的,你跟我进去。"说完,他们小心翼翼摸进了药店。

药店内一片漆黑,埃默不得不慢慢地挪动步子。就在这时,前方突然发出一阵声响,埃默迅速向那个方向移过去,厉声道:"我是警察!别动!举起手来!否则我就开枪了!"

与此同时,助手打开了屋里的灯。

"别开枪,爸爸!是我!"屋内传来一个年轻人的喊声,正是埃默的儿子韦尔纳!

"你这个败类,我打……"埃默正要对儿子发火,却听见儿子得意地说:"我总算逮到他了!"

埃默一愣,上前一看,只见儿子押着一个戴手铐的男子走了过来,说:"对不起,爸爸,是我拿走了你的手铐!"

一个小时过后,埃默被局长叫到了办公室。

局长喜滋滋地说:"嘿,埃默,以前你说你儿子没有资格当警察,现在你瞧,你儿子立了这么大的一个功,实在是让人惊喜啊!"说到这,他似乎想起了什么,"你不是下星期就要荣誉退休了吗?快把韦尔纳叫过来,我们正需要这样的年轻人呢!"

(改编:萧勇)

影子剧院

米切尔·恩德

〔德国〕

小辞典

米切尔·恩德（1929-1995），德国著名作家，代表作有《毛毛》《永远讲不完的故事》等。他的作品不仅写给孩子看，也写给有童心的成年人看。

微课堂

儿童文学通常由成人所编著，深层动机是重造童年或教育儿童。近代著名的儿童文学读物有卡洛·科洛迪《木偶奇遇记》；塞尔玛·拉格洛夫《骑鹅历险记》；埃克苏佩里《小王子》等。

在一个古老的小城里，生活着一位名叫奥菲丽娅的老小姐。很久以前，当她刚刚出生的时候，她的父母便说："我们的孩子将来会成为著名的演员。"因此，他们给她取了这个名字——这是莎士比亚戏剧《哈姆雷特》中那个著名的女主角的名字。

奥菲丽娅长大后没能成为一位演员，她的声音太小了。但是，不管怎样，她还是希望自己能献身艺术，哪怕以一种最卑微的方式。

在这个小城里，有一座非常漂亮的剧院。在最前面靠近舞台、背对观众的地方，有一个隐蔽的箱型小房子。奥菲丽娅每天晚上都坐在里面，当台上的演员忘了台词时,她便小声提示他们。奥菲丽娅的声音很小,干这个工作再合适不过了,因为她的提示是不能让观众听见的。

奥菲丽娅的一生都献给了这一职业,渐渐地,她能背诵世界上所有伟大的悲剧和喜剧,提示台词时再也用不着看书了。就这样,奥菲丽娅小姐渐渐老了,时代也在发生着变化。来剧院看戏的人越来越少,因为除了戏剧,现在还有电影、电视和别的娱乐活动。于是,小城的剧院不得不关闭了。演员们纷纷离开,老小姐奥菲丽娅也失业了。

当最后一场演出的幕布落下来时,奥菲丽娅一个人独自在剧场待了一会儿。她坐在自己工作的箱型房子里,回想着自己的一生。突然,她看见一个影子在幕布上飘来飘去,有时大,有时小。可是,剧场里一个人也没有,所以,这不可能是谁投下的身影。

"喂!"奥菲丽娅小姐用她那细小的声音喊道,"那是谁呀?"

影子显然大吃一惊,立即缩成一团,反正影子也没有什么固定的形状。但是,影子又马上停了下来,而且越变越大。影子说:"对不起,我不知道这里还有人,我没想吓唬您,我只是想在这里藏身,因为我不知道自己该待在哪儿。"

奥菲丽娅急切地问:"你是个影子吗?"

影子点了点头。奥菲丽娅不解地问:"可是,每个影子都该有自己的主人呀!"

影子说:"不,并不是所有影子都有自己的主人。世上有一些影子是多余的,它们不属于任何人,谁也不要它们。我就是这样的一个影子,我叫影子流浪汉。"

奥菲丽娅小姐点点头:"谁也不要你……那你愿意来我这儿吗?我也不属于任何人,谁也不要我。"

影子高兴极了,回答说:"太好了!但是,我必须长在您身上,而您却已经有自己的影子了。"

"你们会处得不错的。"奥菲丽娅小姐说。

从此,奥菲丽娅便有了两个影子。她不想招人议论,所以白天的时候,她就请其中的一个影子变小,钻进自己的手提包里,反正影子在哪儿都能找到地方。

一天,奥菲丽娅坐在教堂里,突然在教堂的白墙上发现了一个影子,样子非常消瘦,它伸出一只手,好像在恳求什么。奥菲丽娅问:"你也是一个谁也不要的影子吗?"

影子说:"是的,我们那里都传开了,听说,有人愿意收留我们这些没人要的影子。这人是你吗?"

奥菲丽娅小姐为难地说:"我已经有两个影子了。"

"那再多一个也没什么关系呀!"影子恳求说,"你不能把我也收下吗?没人要真是太难过、太孤独了。"

奥菲丽娅问:"那你叫什么?"

"我叫怕黑。"影子有点胆小地回答。

"好吧,你跟我走吧。"

这样,奥菲丽娅就有了三个影子。从此,几乎每天都有没人要的影子来找她,因为,世界上这样的影子有很多很多。

第四个影子叫孤独,第五个影子叫长夜,第六个影子永不,第七个影子叫空虚……这种现象一直持续下去。奥菲丽娅小姐很穷,幸亏这些影子既不要吃的，也不穿衣服保暖。只是她的小房间有时候很暗，因为挤满了许许多多的影子。更糟糕的是，这些影子有时会吵架，它们常常争位子。奥菲丽娅不喜欢听别人吵架，有一天，她终于想出一个绝妙的主意，她对影子们说："大家听着，如果你们还想继续待在我这里，就必须学点东西。"

影子停止了争吵，从房间的各个角落用充满期待的目光看着奥菲丽娅。于是，她开始给影子们念诗人的杰作，所有内容她都能倒背如流。她要求影子们跟着她念，影子们虽然费了很大的劲，但是它们也非常好学。渐渐地，它们从老小姐奥菲丽娅那里学会了世界上所有伟大的悲剧和喜剧。

现在的情形与以前完全不同了，因为影子能够扮演剧中的一切，它们可以根据剧情需要，扮演侏儒或巨人、人或鸟、一棵树或一张桌子。它们经常通宵达旦地在奥菲丽娅小姐面前演出最精彩的剧目，而她仍然在一旁给它们提示台词。

白天，除了她自己的那个影子，别的影子都待在手提包里。别人从来没有见到过奥菲丽娅的这些影子，但是，它们还是隐隐约约觉得发生了某种不寻常的事情，而不寻常的事情人们往往不太喜欢。

人们在背后议论说："这个老小姐有些古怪，最好把她送到有人照料的养老院去。"还有人说："也许她已经疯了，谁知道她哪天会干出什么事情来。"

所有人都离奥菲丽娅远远的。

终于有一天，奥菲丽娅小姐的房东来了，他说："对不起，从现在开始，您必须比以前多付一倍的房租。"

奥菲丽娅小姐付不起。

房东说："那么只好对不起了，您最好还是搬出去吧。"

于是，奥菲丽娅小姐只好离开了原来住的屋子，买了一张车票，坐上火车，上路了，她自己并不知道该去哪里。坐了很远以后，她下了车，开始步行。她一手提着行李箱，一手提着装满影子的手提包。

这是一条很长很长的路。最后，奥菲丽娅来到了海边，她无法再往前走了。于是，她想坐下来歇一会儿，不久，便睡着了。影子们纷纷从手提包里出来，围在她身边，它们在一起讨论到底该怎么办。

一个影子说："正是因为我们，奥菲丽娅小姐才会陷入这种糟糕的处境。她帮助过我们，现在轮到我们帮她了。我们大家都从她这里学了一些东西，也许，我们可以用这些学到的东西来帮助她。"

后来，奥菲丽娅来到了一个小村庄。她从箱子里拿出一块白色的床单，把它挂在一根棍子上。影子们马上开始演出，演出的剧目都是奥菲丽娅小姐教给它们的。她坐在幕布后面，一旦影子们在演出中卡壳，她便在后面给它们提示台词。

开始只有一些孩子过来，他们惊讶地在一旁观看。傍晚的时候，又来了几个大人。看完这些精彩有趣的演出，每个人都付了一点钱。

就这样，奥菲丽娅小姐从一个村庄走到另一个村庄，从一个地方演到另一个地方。根据剧情的要求，她的影子们一会儿扮演国王，一会儿扮演丑角；一会儿扮演高贵纯洁的少女，一会扮演热情活泼的少年……人们随着剧情一起欢笑和哭泣。不久，奥菲丽娅小姐便出名了，无论走到哪里，人们都在热切地等待着。他们以前从来没有看到过这种演出。

过了一段时间，奥菲丽娅小姐攒够了一些钱，买了一辆旧的小汽车。她让一位艺术家给她写了一块漂亮的彩色牌子，两面都用大写字母写着：奥菲丽娅的影子剧院。从此，奥菲丽娅小姐便开始周游世界，她的影子们一直跟着。

说到这里，这个故事本该结束了，但是它还没有完。

有一天，由于风雪太大，奥菲丽娅小姐的汽车被陷在路上。突然，有一个巨大的影子站在她面前，这个影子比其他所有的影子都黑。

奥菲丽娅小姐问："你也是一个没有人要的影子吗？"

那个大黑影子慢慢地说："是的，我想可以这么说吧！"

奥菲丽娅小姐又问："你也想上我这儿来吗？"

影子问："你能收留我吗？"说着，它走得更近。

奥菲丽娅说："我的影子虽然已经非常多了，可是，你总得有地方待吧。"

影子问："你不想先问问我的名字吗？"

"那你到底叫什么？"

"别人叫我死神。"

奥菲丽娅小姐好一会儿没有说话。最后，影子温和地问："尽管这样，你还是会收留我，对吗？"

"是的，"奥菲丽娅小姐说，"你来吧！"

于是，这个巨大冰冷的黑影便将她团团包住，她周围的世界变得漆黑一片。但是，突然，她又仿佛重新睁开了双眼，这双眼睛变得年轻而又明亮，不再像以前那样老眼昏花。现在她不用再戴眼镜，便能看清自己是在什么地方：她正站在天堂的大门前，周围站着许多美丽无比的身影,他们身穿漂亮的服装,正微笑地看着她。

奥菲丽娅小姐问:"你们到底是谁呀?"

他们说:"你不认识我们了吗?我们就是你收留的那些影子呀。现在我们得救了,不用再四处漂泊了。"

天堂的大门打开了,那些明亮的身影簇拥着老小姐奥菲丽娅一道走了进去。他们把她带到一座奇妙的宫殿前,这是一个最漂亮、最豪华的剧院。剧院的门口写着一行烫金的字:奥菲丽娅的影子剧院。

从此,他们便在这里用诗人的伟大语言,给天使们讲述人类的命运。天使们从中了解到,生活在地上的人是多么痛苦、多么伟大、多么悲伤,同时又多么可笑。

奥菲丽娅小姐仍然在给演员们提示台词。听说,有时亲爱的上帝也会来看他们的演出,但是可以肯定的是,谁也没有发现过他。

(推荐:何暖)

奇怪的交易

亚历山大·格林

〔俄罗斯〕

伦敦的夜晚总是灯红酒绿、车水马龙，这天夜里，两个中年绅士刚从豪华饭店里一番花天酒地后出来，突然看见马路边躺着一个衣衫褴褛的流浪汉，那流浪汉挣扎着向这两个体面的绅士爬去，声音微弱地乞求道："救救我……我饿……"

这两个中年绅士一听，乐了，其中一个叫斯蒂芬的对胖绅士笑笑，附在胖绅士耳边神秘地说："嘿，伙计，我有个挺妙的主意。你看，我有的是钱，平时什么都早就玩腻了，不如这次我们拿人来当玩物！"

的确，斯蒂芬有着过亿的资产，他挥霍成性，爱玩，而且什么都敢玩。

小辞典

亚历山大·格林（1880-1932），俄罗斯作家。格林的小说多以海洋、冒险和爱情为主题，描绘为了爱情而冒险中的种种奇遇，带有强烈的浪漫风格和神秘色彩。代表作有《红帆》《踏浪女人》。

微课堂

格林笔下的主人公充满了纯真、奇幻的想法，经历了神秘的奇遇，这与当时偏重反映现实的作品不同，被评论家称为"奇遇小说"。著名作家格拉宁曾评论："当岁月蒙上尘埃而失去光辉时，我拿起格林的作品，翻开其中任何一页，春天立刻破窗而入，一切又变得明亮光彩。"

没等胖绅士发表意见,斯蒂芬就迫不及待地把地上这个快饿昏的流浪汉带上了马车,来到一家小旅店。

流浪汉在小旅馆吃饱喝足后,便开始向斯蒂芬讲述他的悲惨经历:流浪汉叫大卫,是个孤儿,他流落到伦敦,找不到工作,一直没钱吃饭,终于饿得昏倒在地,幸亏好心的斯蒂芬救了他。然而大卫还不知道,斯蒂芬的"救助",其实是戏弄大卫的一场恶作剧,现在,斯蒂芬正为自己有这样的奇思妙想而暗暗得意呢!

斯蒂芬拍拍大卫的肩,说:"我们做个交易怎么样?从明天开始,我每个月给你十英镑,而你只要每天待在房子里,准时在晚上五点到十二点间,在同一扇窗户边放上一盏点燃的灯,而且要蒙上绿色的灯罩……"

大卫听得瞪大了眼,惊讶地看着斯蒂芬,斯蒂芬喝了口酒,接着说道:"就是说,你每天晚上必须在指定的这七个小时里,点着灯待在房子里,不许和任何人交谈,怎么样?"

大卫激动地点着头说:"我愿意,我愿意,你如果不是开玩笑的话,我连自己的名字都愿意忘掉。不过,请你告诉我,我如此惬意的生活会延续很久吗?"斯蒂芬耸耸肩:"这不好说,也许一年,也许一辈子。"

大卫高兴地叫道:"但愿真能是一辈子!不过,我想冒昧问一句,你要这种绿色的灯有什么用?"

"这是秘密!"斯蒂芬答道,"绝对的秘密。"大卫点点头,说:"好的,只要你寄钱来就行了,我会按你说的做,你可以随时来检查!"就这样,一项奇怪的交易谈成了,流浪汉和富翁分了手,彼此都心

奇怪的交易·51

满意足,斯蒂芬乘着马车离去了。

大卫看着载着斯蒂芬的马车远去,自言自语道:"真见鬼!看来不是这个人发了疯,就是我交了超级的好运!如此慷慨的赐予,只为我一天点掉半升灯油!"

第二天晚上,大卫果然在房间的窗口边,亮起一盏柔和的绿灯。那晚,斯蒂芬得意地叫来胖绅士,对他说:"亲爱的伙计,你若闲极无聊,就到这儿来寻开心。看看这窗户后面的大傻瓜,一个廉价的、用分期付款的方式买来的、可以长期使用的傻瓜……我想,他待在这屋里什么也不能做,一定会无聊得变成酒鬼,再不就是会发疯……可他为了我每月给他的十英镑,他还是必须得等着,他就是这号角色!"

胖绅士摇摇头对斯蒂芬说:"这种把戏会有什么乐子?"斯蒂芬得意地说:"玩具……用活人制成的玩具,一道最美的佳肴!"斯蒂芬说罢哈哈大笑,挽着胖绅士扬长而去。

可怜的大卫从此就待在这房子里,按月领取十英镑,准时点亮一盏绿色的灯,除此之外,似乎什么都不能做。

时间一晃就是八年。一天夜里,一个浑身脏兮兮的老人被送到了穷人医院,他是在黑黢黢的贫民窟里,走楼梯时不小心把腿摔断了。这个痛苦异常的老人情况看来很糟糕,因为骨头复杂的折口把血管都弄断了。

医生为老人做完手术后,把羸弱的老人送回病床,老人很快就昏睡过去。当老人醒来后,他发现面前坐着的还是那位为他做手术的医生。

医生见老人醒来，说："想不到又和你见面了！你还认识我吗，斯蒂芬先生？我是大卫，就是受你之托每天在点燃的绿灯旁当班的那位。"

斯蒂芬打量半晌后，咕哝道："简直活见鬼！这是怎么了？怎么会发生这样的事？"大卫说道："是的，请你告诉我，你的变化怎么这么大？"斯蒂芬痛苦地说："我彻底破产了……我沦为乞丐已经三年了，可你呢？你是怎么回事？"

"我点了几年的灯，"大卫微笑道，"刚开始我出于无聊，发现房子里的书架上摆满了书，便翻来看，后来有一次，我翻到一本破旧的解剖学教材，那一整夜，我读了这本书，如醉如痴，天一亮就去图书馆打听当个大夫都要研究什么学问，得到的却是充满讥讽的回答：'你得研究数学、生物学、药理学、拉丁文等等。'不过，我没理睬别人的讥讽……"

大卫顿了顿，接着说道："有天晚上我回到家，突然看见窗外有两个身影，他们在往我窗户这边那盏绿色的灯看。我听到其中一个轻蔑地说：'大卫，一个地道的傻瓜！他还期盼着别人许诺的奇迹出现……不过我现在觉得这是个荒唐的游戏，根本不值得破费。'那个人说这话时，没有发现我就在窗户跟前，而那个人，就是你。"

斯蒂芬尴尬地问道："那后来呢？"大卫笑了笑，说："我用你之前给我寄来的钱买了很多书，为的是不顾一切地学习，学习。当时，我听到你羞辱我的话，本想出来揍你一顿，不过，正是由于你恶作剧的慷慨，我才成了一位有教养的人……"

斯蒂芬羞愧地低下了头。大卫看了看眼前这个可怜的老人，说：

奇怪的交易·53

"后来有一位大学生和我同住一个套间,他很同情我,帮助我,一年多后,我考取了医学院。如你眼前所见,我已经成了有一技之长的人……"大卫说完,沉默了。

斯蒂芬被大卫的经历震惊了,他说:"其实我早就不去你的窗前观望了,请你原谅我以前对你的伤害。"

大卫拍了拍老人的肩膀,掏出怀表,说:"十点钟,你该就寝了,也许过三个星期你就可以出院。到时候给我打个电话,我会在我们的诊所给你安排一份工作:登记病人的姓名。"

(改编:叶子)

老小姐之死

乔治·西默农

〔比利时〕

小辞典

乔治·西默农（1903—1989），比利时的法语作家。擅长推理著作，十分高产。西默农成功塑造了"儒勒·梅格雷"这位探长，并以他为主角，创作了系列小说。

微课堂

比利时通用两种语言——法语和佛兰芒语。因此，比利时文学主要由法语文学和佛兰芒语文学两部分组成，在精神与气质上具有统一性。

奥尔良的一个偏远村庄，发生了一起命案，受害者是鲍特玉家的两位老小姐。姐姐安梅丽65岁，妹妹玛格丽特也62岁了。

这天早上，一个农民经过鲍特玉家，发现一个房间的窗户大开，他走近一看，大喊起"救命"来。

只见窗户旁边，安梅丽穿着睡衣躺在血泊中，身体右侧和肩部有十几处伤痕，但伤都不太严重；玛格丽特面朝墙躺着，胸部被砍了三刀，右面颊被砍裂，已经死了。

房间五屉柜的第二个抽屉开着，里面是散乱的衣物，上边有一个发霉变绿的皮夹子，是姐妹俩用来存放各种证件和票据的。地上还有一个存折、一些产权证书、房屋租约和各种各样的发票。

玛格丽特出事后两天就被埋葬了,至于安梅丽,村民们本要送她去医院,可她死也不肯去。法医断定安梅丽身体的主要器官没有受到伤害,可她突然变得沉默不语,大家都猜测是因为受了惊吓。

奥尔良地方有关部门对这个案子做了调查,他们派出侦查员,给案发现场画了详细的平面图,拍了照片,并作了讯问记录。除此之外,他们还请来了梅格雷探长,让他分析案情并帮忙推理。

很快,一个男人被捕了,一切迹象表明他就是凶手。这个人叫马尔塞,是玛格丽特的私生子。侦查员在两个老小姐睡觉的大床上,找到了马尔塞衣服上的一个扣子。

梅格雷看完案件的调查材料后,特意去囚室看了马尔塞。那完全是一个没有教养的野蛮人,而且他还是一个酒鬼,一个堕落的人。

马尔塞交代,那天晚上七点钟左右,他骑着自行车到了两个老太太家。马尔塞从柜台上拿起酒喝了几口,然后到院子里杀了一只兔子,他母亲玛格丽特就拿去炖了。当时,安梅丽像平常一样,嘴里一直嘟囔着,她一向讨厌马尔塞,因为他常去大吃大喝。

马尔塞说:"那天,我们还吵了两句嘴,因为我从柜台里拿了奶酪,切了一块……吃过晚饭后,母亲有一点不舒服,就上床休息了。她给了我钥匙,叫我打开五屉柜的第二个抽屉,把她的那些证件和票据拿出来。我拿出来以后就和母亲一起数发票,因为到月底了……"

梅格雷问:"皮夹子里有别的东西吗?"

"有一些产权证书、债券和借据,还有三万多法郎。"

梅格雷又问："你去过储藏室吗？那晚点的是蜡烛吗？"

"没有，那晚点的是煤油灯。九点半钟，我把那些票据都放回原处，就走了。要是有人说，是我要杀那两个老太太，那是撒谎！"

看完马尔塞回来后，梅格雷决定亲自去鲍特玉家走一趟。

鲍特玉姐妹家的房子还是她们父母留下来的，现在是一家店铺，古老又陈旧，还很阴暗。梅格雷庆幸自己出发之前已经把那里的平面图研究透彻并记住了图上标出的位置，否则简直是寸步难行。

只见屋中柜台上放着秤和装糖的盒子，货架上有一些食品杂货。在一个角落里，并排放着两个油桶，大桶里装的是煤油，小桶里装的是食用油……

接着，梅格雷进了里屋。那里也是一片昏暗，幸亏有两根正在燃烧的木柴，借着这一点亮光，梅格雷看见一张大床，安梅丽就躺在床上，一动不动，脸色灰暗而呆滞。不过她的眼睛在观察，目光一直没有离开过梅格雷。

安梅丽还是一句话都不说，梅格雷只好拿着调查材料，向壁炉走去。

报案的那天早上，村民们从炉灰里发现了一把锋利的大菜刀，刀把已经被烧没了。毫无疑问，这就是作案的凶器。既然刀把没有了，指纹也无处可查了。侦查员只在五屉柜的抽屉和皮夹子上，找到许多马尔塞的指纹，而且只有他一个人的指纹。不过，桌子上放着一个蜡烛盘，那上边却有安梅丽的指纹。

梅格雷研究完调查材料后，已经有了自己的推断。虽然马尔塞有很大的嫌疑，可梅格雷仍有一些疑问，比如，为什么马尔塞烧掉了刀把，而没有想到他的指纹还留在柜子和皮夹上？又如，假定他用了蜡烛，为什么要把蜡烛又拿回房间，并把它熄灭？而且，为什么房间里的血迹不是一条从床边到窗户旁的直线？还有，为什么马尔塞不从通向村里的后门逃走，而从前门离开？他不怕被人认出来吗？

梅格雷又看了一遍手中的材料，忽然他站起身来，看着安梅丽，脸上露出一种滑稽的微笑。接着，他推开储藏室的门，走了进去。这是一个破旧的小套间，黑洞洞的，只有从天窗上透进来的一点点亮光。里面堆着木柴，靠墙的地方放着几个木桶。前边的两个桶是满的，一个装着葡萄酒，另一个装着白酒；后面两个桶是空的。

调查材料上写，其中一个桶上，有蜡烛点燃时滴下的烛油，这些烛油就是从屋里放着的那支蜡烛上滴下来的。侦查员认为，它们很可能是马尔塞去喝酒时留下来的，他的妻子承认他回到家时，已经喝得酩酊大醉。他是骑自行车回家的，路上留下的歪歪斜斜的车轮痕迹，也可以证明他的确是喝醉了。

梅格雷找来一个锯子，走到那个有蜡痕的木桶旁，把锯子对准桶口，锯了起来，他相信会有所发现。果然，桶口被锯开后，一个纸卷露了出来，那正是一些借据和债券，它们是从桶口处塞进去的。

如果说来之前梅格雷还心存疑虑，那么当他来到这里，环境和气氛已经让他确信了自己的判断——安梅丽才是真正的凶手。

当梅格雷走进这间屋子的时候，他看到柜台上放着一大堆报纸，这是一个很重要的线索，但之前都被忽视了：两位老小姐还负责代销报纸，而安梅丽常常看报，她一定看过对一些重大案件的分析和报道，因此知道指纹在破案中的重要性。梅格雷认为：姐妹俩的隔阂不仅仅是由于吝啬，还有怨恨。这个案件发生的根本原因就在于怨恨，而这怨恨产生于姐妹两人的独身生活。她们共同生活在一所窄小的房子里，甚至睡在同一张床上，她们有着共同的利益……

但是，玛格丽特有一个孩子，她曾经有过爱情，而安梅丽却连爱情的幸福也没有享受过！在这么多年的生活中，玛格丽特的孩子曾经在她们共同的抚养下长大成人。之后，他独立生活了，可是常常回来大吃大喝，不然就是要钱，然而钱是属于姐妹两人共有的。既然安梅丽是姐姐，她赚的钱，总的来说也比玛格丽特多。日常生活中有许多琐事，譬如玛格丽特给儿子烧兔肉吃，马尔塞把店里卖的奶酪切一块拿走，可是母亲并不说他……这些都激起了安梅丽的不满和怨恨。

安梅丽怕她的外甥。当玛格丽特把她们两人秘密放钱的地方告诉马尔塞的时候，安梅丽气极了。而那天晚上，玛格丽特竟然叫儿子亲手去数弄那些票据，安梅丽更加恼火了，因为她知道马尔塞对这些财产早已垂涎三尺。但是，她不敢说出来，只好憋着一肚子怨气。

安梅丽的伤口都在右侧，伤的地方不少，可伤口都不深。正是这一点，最先引起梅格雷的怀疑。他设想，安梅丽准是笨手笨脚，又怕疼痛，才把自己砍成那个样子。她并不想死，又怕被疼痛折磨的时间太长，所以作案以后，打算推开窗户喊邻居，可她还没来得及喊，就晕倒了，整整一夜没有人发现。事情就是这样发生的，经过也仅仅如此。安梅丽杀死了睡梦中的妹妹玛格丽特！为了使马尔塞不再惦记那些钱财，她制造了一种钱都不见了的假象。于是，她在自己的手上包了一块布，拉开柜子抽屉，打开皮夹子，把票据等东西扔在地上……之后,她留下了蜡烛的痕迹……

最后,安梅丽在床边砍伤自己,又踉踉跄跄地走到壁炉旁边,为了消灭指纹而把作案用的菜刀投进火里。然后,她推开窗户……地上的血迹已经证实了这个过程。

而那个落在床上的马尔塞的扣子,不过是他剥兔皮时掉下的,而他母亲因为不舒服没来得及缝。

所有的疑团解开了,可梅格雷一想到安梅丽的动机、行为和表情,心里却并不好受……

(改编:蓝山)

爱情毒药

纳撒尼尔·霍桑

〔美国〕

小辞典

纳撒尼尔·霍桑（1804-1864），美国小说家，擅长描写社会和人性的阴暗面，其代表作品《红字》为世界文学的经典之一。

微课堂

《红字》是一部在1850年代出版，有历史背景的小说。故事中，一个叫海斯特·白兰的女孩犯了"通奸罪"，却拒绝说出孩子的父亲是谁。在生下女儿之后，她奋力建立起庄严的新生活。透过这本书，霍桑探索了三个主题：清教徒的守法主义、原罪和内疚。

很久以前，有一个叫乔瓦尼的小伙子，他到异乡求学，因为是一个穷学生，所以只能租便宜的屋子住。

这天，乔瓦尼由房东陪同，去看了一间顶楼的房子。这里阴暗潮湿，但当乔瓦尼把头探出窗外，就发现别有洞天，外面是一个美丽的花园。

花园里植物繁多，不仅有色彩缤纷的花卉，还有形态奇异的植物，鳞次栉比，令人惊叹。乔瓦尼对植物有浓厚兴趣，能叫出很多名目来，然而却不认识这里的任何一株植物。他不禁心生好奇。

这时，乔瓦尼听到一阵动静，原来花园里有人。乔瓦尼定睛一看，此人绝非普通园丁,他人过中年,双眼有神,眉目清秀,却给人一种阴森的感觉。

那人正在认真观察植物,他看得出神,好像要把花木的一茎一叶都看透似的。但奇怪的是,他一举一动都格外小心,屏气凝神,且不触碰植物。

就在此时,一个少女飘然来到那人身边,叫了一声"爸爸"。她的美貌难以用语言形容,牢牢抓住了乔瓦尼的全部注意力。

一旁的房东说,那人名叫拉帕乔尼,是这个花园的主人,也是一位著名的医生,美丽的少女则是他的独生女儿碧翠丝。

乔瓦尼很快就在这里安顿下来。第二天他去探望爸爸的好友,自己就读大学医学院的教授。

两人在谈话中,乔瓦尼无意中提到了拉帕乔尼医生。没想到,教授对他居然十分熟悉,还意味深长地说:"拉帕乔尼非常有名。往好里说,他是声名远扬;往坏里说,他是臭名昭著。因为他这个人啊,把科学看得高于一切,只要有助于他的研究,总是会不惜一切,哪怕牺牲谁的性命。"

随后,教授留乔瓦尼吃了午饭。午饭后,乔瓦尼带着酒意往家里走去,头脑里反复想着那个神秘的花园,以及漂亮的碧翠丝。

路上,乔瓦尼经过一家花店,就买了一束花。回到家,他做的第一件事,就是站到窗边,凝视花园,等待心中的人儿出现,没过一会儿,那人飘然而至。

碧翠丝来到花园,她摘下一朵最鲜艳的花,准备别在胸前。但是怪事发生了:一只小爬虫爬到了碧翠丝的脚边,因为离得远,乔瓦尼不能十分肯定，但他觉得那花枝折断的地方似乎滴下了一两滴汁液，正好落在小爬虫的身上，小爬虫扭动了几下，就不动了。

碧翠丝继续在花园里漫步，一只美丽的蝴蝶飞了过来，在她的头顶盘旋。当碧翠丝抬头看蝴蝶时，又一件怪事发生了：蝴蝶颤抖了几下翅膀，便跌落在她脚边，死了。

"哎呀！"乔瓦尼见状，忘形地喊了一声，喊声引来了碧翠丝的注意。她一看到乔瓦尼，便呆住了。前面忘记说了，乔瓦尼身材高大，相貌英俊，是很多女孩眼中的白马王子。

就在碧翠丝发呆的时候，乔瓦尼趁势将手中的花束抛了过去，还高声说："小姐，请为乔瓦尼戴上这些可爱的花吧！"

碧翠丝听了，从地上捡起花束，羞涩地转身离去。就在那一刹那，乔瓦尼似乎看到：碧翠丝刚捡起的花束，竟一下子都枯萎了！乔瓦尼揉揉眼睛，心说：这不可能，隔得这么远，肯定是看错了！

碧翠丝是那么漂亮，那么神秘，乔瓦尼因此得了"相思病"，一连几天都魂不守舍。

一天下午，乔瓦尼决定出去走走。他不知不觉来到了学校门口。忽然，有人拉住了他，转身一看，是爸爸的好友，那位教授。教授说："作为你爸爸的朋友，我必须提醒你，离拉帕乔尼和他的女儿远一点！"

乔瓦尼刚想问为什么，却发现拉帕乔尼医生沿街走了过来。走近时，他和教授礼节性地互致问候。然后，他转向乔瓦尼，凝视不语，眼神像要穿透乔瓦尼的灵魂。

等拉帕乔尼走远后，教授说："你看到他的眼神了吗？凭我对

爱情毒药·63

他的了解，我知道，他已经对你产生了兴趣。你要离他远远的，不然很危险！"

乔瓦尼回家时，碰上了房东，房东告诉乔瓦尼：有一道暗门能走进拉帕乔尼的花园。乔瓦尼想到教授的一番忠告，心里有了一点迟疑。但是，一个坠入情网的人不会因为一点迟疑，就放弃对爱的追求。他还是走向了那道暗门。

乔瓦尼穿过暗门，来到花园里。这里的植物长得郁郁葱葱，却透露着诡异。乔瓦尼正看得出神，身后响起了"沙沙"声，他转身一看，碧翠丝来了。两人对视了一眼，便心照不宣，像是约好的情侣一样，在花园里走着、聊着。

两人走到花丛中，乔瓦尼突然停下脚步，说："小姐，您戴上花朵一定更加美丽，我是否有荣幸为您戴花呢？"说着，他就将手伸向了怒放的鲜花。

然而碧翠丝竟尖叫着，拽住了他的胳膊，说："别碰它们！"说完，便掩面跑开了。

乔瓦尼刚想去追，却看到拉帕乔尼医生站在角落。也不知道他站在那儿有多久了。

那天晚上，乔瓦尼满脑子都是碧翠丝的身影。他隐隐觉得，碧翠丝对自己也有情意，这样下去，两人说不定能共谱恋曲呢。他这样胡思乱想着进入了梦乡。隔天醒来，他只觉得一阵痛楚，低头一看，他的胳膊，就是昨天碧翠丝拉的地方，出现了一个紫手印……

爱情是一个神奇的东西，乔瓦尼沉浸在对碧翠丝的爱慕里，很快忘记了胳膊上的那点小伤。有了第一次约会，就有了第二次、第三次……他们在花园里诉说衷肠，终于成了一对恋人。然而他们即使在激情奔放的时候，也不曾接吻或拥抱。碧翠丝总是精心设防，这让乔瓦尼苦恼不已。

一天，乔瓦尼买了一束鲜花，想送给碧翠丝，并期待有所突破。然而，出发前，他发现刚买的鲜花在自己手中枯萎了，他有一种不好的预感。他又对着墙上的一只蜘蛛吐了一口气，很快，那蜘蛛痉挛了几下，挂在网上死了！

乔瓦尼惊慌失措，他找到了教授。教授听完他的叙述后，表情凝重地讲了一个故事：从前，有一位印度王子，把一名美女当作礼物送给了亚历山大大帝。这个美女美丽无比，而且口吐芳香。后来，有位医生发现了美女的秘密：原来，美女是用毒药喂养大的。渐渐地，她全身都充满了毒素。她呼出的浓香能污染空气，她的拥抱和热吻都能致人死亡。

说到这儿，教授同情地说："可以肯定，那个古老传说已经被拉帕乔尼变为了现实。他不惜将女儿当作试验品。而且你也已经成了一个新的试验品，幸亏发现及时，还未完全成为他的毒药。"

教授说着，拿出了一只小瓶子，说里面装着他最新研制的一种解药，喝了它，便能解除体内的毒素。

乔瓦尼拿了解药，并没有直接喝掉，而是揣在怀里，去找碧翠丝。他要和碧翠丝当面对质。

碧翠丝听着乔瓦尼用最恶毒的语言指责爸爸和自己，神情平静，她坦承说："我的确是一种可怕的毒药，但我也渴望爱情，趁现在我还没有伤害你，你走吧！"

"别给我装出可怜的样子!"乔瓦尼咆哮道。一群飞虫正好经过他身边,竟一一坠地死亡。

碧翠丝看到这情景,立刻失声惊叫:"我明白了,爸爸曾说过,要给我找一个同样的男人做丈夫。所以他默许我们在一起,让我将毒慢慢地传递给你。但是,亲爱的乔瓦尼,你必须相信我,我对此毫不知情。如果我知道的话,一定不会允许自己靠近你,哪怕是一厘米的。"

乔瓦尼沉默了很久,最终,他选择相信碧翠丝。他说:"亲爱的,现在我们还有一个办法,我这儿有一瓶解药。它可以解除我们身上的毒素,也能挽救我们的爱情!"

碧翠丝点了点头。两人分着喝光了解药,然而,结果却截然不同。乔瓦尼安然无恙,碧翠丝捂着胸口,气若游丝,没多久,她就死在了心上人面前。因为对碧翠丝来说,她的身体已经被拉帕乔尼彻底改变了,毒药是她的生命,解药则会要了她的命。

而对于拉帕乔尼来说,执着地进行科学研究本是好事,然而一旦超越了底线,便会丧失道德和良知。

(编译:周腾)

大狩猎

罗伯特·谢克里

〔美国〕

小辞典

罗伯特·谢克里（1928—2005），美国科幻小说大师，以绝妙想象和幽默文风著称于世，被认为是"一张通往奇异想象世界的单程车票"。代表作有《人手难及》《幽灵五号》等。

微课堂

真人秀：指真人实境电视节目，声称现场直播、无剧本、百分百反映真实。著名的真人秀节目《幸存者》，将一群相互陌生的美国人流放到一个荒岛上生存，按"鲁宾孙漂流记"的故事，每周淘汰一人，胜出者可获100万美元的奖金。

雷杰尔是个长相讨人喜欢的小伙子，他为货车司机当助手。有一天，司机和他闲聊时说："雷杰尔，电视台正在招聘冒险演员，不需任何条件，只要外表好。我要是你就一定去试试。"

雷杰尔听了怦然心动。最近，国会刚通过了《自愿自杀法》，这意味着每个人都有权拿自己的生命孤注一掷，从事各种冒险，以获取电视台的巨额酬金。雷杰尔决定应征，他写了信，附上相片。JBC电视公司对他产生了兴趣，签约后的第一个活动，就是参加真人秀《飞来横祸》的拍摄。

拍摄前，雷杰尔服下麻醉药，醒来后他发现自己竟身处一架小飞机上，正依靠自动驾驶仪在高空飞行。油料所剩无几,没有救生设备,得靠他自己想法子让飞机降落着陆,但他以前从未驾驶过飞机。

此时,千千万万观众正在电视机前屏息注视,大家都知道雷杰尔不是超人,只是和自己一样的普通人,所以无不汗毛直竖,看得津津有味。在降落时,飞机不止一次在空中翻跟斗,但不知怎么竟顺利着陆了,雷杰尔只伤了两根肋骨。他得到了巨额奖金,声名大振,马上又被邀请参加下一档节目。

雷杰尔经历了几次冒险以后,电视台趁热打铁,邀请他参加超级真人秀《大狩猎》的拍摄。

《大狩猎》节目组获得了有关方面允许,找来四名在监狱里服刑的匪徒。在一周的时间里,雷杰尔将手无寸铁、四处逃窜。如果匪徒们成功杀了他,他们就能获得自由,所以他们肯定会全力以赴,这正是节目最扣人心弦的看点。

雷杰尔答应上节目,他需要那笔奖金。节目开始后,他好像生活在地狱里,无数次死里逃生,终于熬到了期限的最后一天。

此时,雷杰尔正躲在一间屋子里,窗外是通往胡同的消防梯,下面只有孤零零的三只垃圾桶。突然,从最远的一只垃圾桶后伸出一把手枪,火光一闪,雷杰尔立即趴下,只听玻璃"哗啦"一声,子弹从他头上呼啸飞过,击穿了天花板。

接着,门外传来沉重的撞击声,狩猎者正企图破门而入。雷杰尔从口袋中摸出微型电视机,图像虽不清晰,所幸声音还算可以。主持人杰里正在直播间向千千万万观众解说:"朋友们,雷杰尔已到了生死关头。前一段时间他化名躲在一家小旅馆里,但服务员认出了他并告诉了匪徒们。经过万般艰辛，雷杰尔逃出旅馆，跑进凡斯特大街156号的房子，慌不择路跑进了门开着的7室……"

杰里在这里故意短暂停顿了一下，接着说："这可陷进了天罗地网！匪徒们正在撞门，消防梯也被严密封锁。我们的摄像机位于房子的对面，现在是特写镜头，大家请仔细看！朋友，难道你再无出路了吗？"

突然，杰里欢呼起来，原来是一名热心观众打来了援助电话。这也是节目的一大看点，观众人人都可参与，既有向匪帮告密的好事者，也有帮助雷杰尔的援助者。

打来电话的是一位老人，他用颤抖的声音说："以前我就住在凡斯特大街156号7室，雷杰尔先生，你听我说，厕所看似没有窗户，其实它只是被封死了……"

没等听完，雷杰尔已摸索到厕所那里，他很快找到窗户所在，使劲用背一拱，玻璃碎了，厕所里霎时洒满阳光。雷杰尔朝外看去，下面是水泥地面的庭院。

这时门锁飞散，匪徒们闯了进来。雷杰尔飞身上了窗台，反手挂在窗框上，接着他松开手，"砰"的一下重重跌到地上。一个匪徒狞笑着出现在窗口，用手枪瞄准雷杰尔，可是厕所里突然响起爆炸声，枪打偏了，接着烟雾弥漫，盖住了一切。

这是雷杰尔的最后一枚烟幕弹！按照节目规定，雷杰尔在紧急关头可以施放烟幕弹，这样他才得以大难不死。

雷杰尔一瘸一拐地穿过庭院，来到街上。他接连换了几次交通工具，先乘地铁，随后又换上短途火车。到站后，他迅速下车，站

大狩猎·69

台的钟正指着1点,离节目结束的最后期限还剩整整五个小时。

走出车站,雷杰尔坐上一辆出租车,吩咐司机送他去纽赛勒。司机从反光镜中瞅了他一眼,犹豫了片刻,打开无线电话机说:"乘客吩咐我去纽赛勒……是的,他要去纽赛勒。"

雷杰尔一下子警觉起来:司机是不是在告密?语调为什么那么奇怪?他立刻说:"停车,我要下去。"

下车后,雷杰尔走上了一条狭窄的乡间公路,他一边快步走着,一边寻找藏身之地。走了一阵,他听到身后传来车子的声音,越来越近,这时,他口袋中的微型电视机突然发出惊叫:"快跑啊!"

雷杰尔一下子就扑倒在路边的排水沟里。一辆卡车飞一般地从他身边擦过,差一点他就被撞得粉身碎骨。紧接着车子尖声刹住,驾驶室里有人伸头狂呼:"他在那儿!开枪,见鬼,快打呀!"

雷杰尔没命地向不远处的树林奔去,子弹齐刷刷地从他头上飞过。微型电视机里,主持人杰里还在喋喋不休:"噢,上帝,他们找到他了!这是九死一生的时刻,还有四个半小时呢!观众们请注意,我们的直升机已飞临现场上空,大家能清楚地看到狂奔中的雷杰尔和追击他的杀手……"

跑进树林后,雷杰尔踏上一条小道,匪徒也下了车,在他后面紧追不舍。这时,林边公路上驶来一辆小汽车,雷杰尔跑过去,绝望地朝汽车挥手。幸好,汽车停下了,开车的是个金发女郎,她向雷杰尔喊道:"快!"

雷杰尔跳进车厢,汽车立即倒车,子弹差点打在挡风玻璃上。女郎加大油门,汽车驶远了。

雷杰尔瘫倒在座位上,他悄悄打量自己的救命恩人,女郎正在全神贯注地开车,她大约二十来岁,外貌可爱,体态优雅。雷杰尔开口说:"小姐,我实在不知道该怎样感谢您……"

女郎却摇摇头:"得了吧,我不是善良的援助者,我就在JBC电视台工作。"

雷杰尔目瞪口呆地望着女郎,女郎"扑哧"笑了:"怎么,不明白?要知道,电视台可是在拍一个代价昂贵的节目,要最大限度地吸引观众,这是公司的利益所在。老实告诉你吧,那帮匪徒已经有十几次机会可以杀死你,是公司秘密指示他们尽量多拖一些时间。但他们也不可能无休止地作假,刚才如果我不能赶到现场,那他们除了打死你,也别无选择。"

雷杰尔凝视着女郎,不明白如此迷人的姑娘为何会说出这些无情的话语,他嗫嚅着说:"我不相信我会死。"

女郎耸耸肩:"你太自信了,到结束还有三个多小时呢。听着,过几分钟我就要装出发动机出了故障,你得马上逃命,匪徒们一旦追上你,就会打死你的。"

雷杰尔点点头。下车前,他忍不住问女郎:"如果一切顺利,我们……还能再见吗?"

女郎惊奇地望着他:"你这个人真是的……眼下不是谈这些的时候。你最好听我的,在山沟里找个地方藏身,懂吗?"

可雷杰尔还是固执地追问:"我怎么才能找到您?"

女郎叹了口气,说:"到电话本上去找。祝你成功,傻瓜!"她轻轻吻了一下雷杰尔的额头。

雷杰尔下车后跑进了森林,找到一处浓密的灌木丛躲藏进去。没多久,匪徒就找来了,他们在远处漫无目标地搜寻,枪弹时时掠过。直到这时,雷杰尔才领悟到生命可贵,世上没有任何财富值得用它作为代价。他仰面向天,默默做起祷告,时间只剩下两小时了。

过了许久,雷杰尔听到头顶上有动静,他抬头一看,山崖上有个胖子游客,穿一件惹人注目的西装,他看到了雷杰尔。

雷杰尔轻声祈求:"先生,别出卖我。"胖子却毫不理会,他用手杖指着雷杰尔,喊道:"他在这儿,快来啊!"

雷杰尔立即跳起来逃命,他听到身后不断传来胖子的吼声:"他跑到那儿去了!你们这帮瞎子,没看见吗?"

不远处有一座教堂,雷杰尔跌跌绊绊地跑上阶梯,匪徒们在他身后开枪射击。当雷杰尔推开大门时,一粒子弹恰好打中他的右膝。他匍匐着爬进教堂,又沿着讲坛从后门爬了出去。

外面是古老的公墓,他爬过成片的十字架,爬过大理石墓碑,在他正前方是一个刚刚挖好的墓穴。雷杰尔笨拙地翻转身体,一下子滑进了墓穴中间。雷杰尔仰面朝天,天空依然蔚蓝。突然,一个黑色的身影挡住阳光,金属反光一闪,黑影举枪瞄准……

"我完了!"雷杰尔闭目等死。

"住手!"主持人杰里的声音响起,那把手枪抖了一下,"已经六点零一分,大狩猎行动结束了,雷杰尔获胜!"

电视机里传来暴风雨般的鼓掌和欢呼声,"他赢了,朋友们!"杰里喜悦地高呼,"看哪!警察来了,匪徒们将被带走,他们没有打死猎物,因而还得继续服刑。快看,雷杰尔从墓穴中被抬出来了,他似乎失去了知觉，医生们正在为他诊断……"

接下去是一阵令人窒息的沉默。

杰里用手帕擦擦前额，说："观众们，医生说……雷杰尔有些精神失常了，这并不奇怪，JBC电视公司将聘请最好的精神病医生，尽一切可能为这位英勇的小伙子治疗！"

杰里看了下表，接着说："《大狩猎》的直播即将结束，请关注下次更为惊险的节目预告……"

（推荐：方可）

盗画奇谋

杰克·里奇

〔美国〕

世界名画《贵族夫人》一直收藏在法国巴黎的博物馆里。纽约范德美术馆的副馆长帕克策划将《贵族夫人》租借到美国展出，这一消息传出后，《贵族夫人》立刻受到美国大众的关注，也成为名画大盗们觊觎的目标。

帕克副馆长为了确保展出万无一失，亲自去了趟巴黎，和法方负责人阿诺洽谈相关事宜。双方商定，将《贵族夫人》装在一只特别定制的箱子里，用船运到美国，全程只有阿诺才能把箱子打开。

帕克副馆长回到纽约，又着手将展厅重新装修，展厅一端的墙面被整修成内凹的样式，用来展示《贵族夫人》。

小辞典

杰克·里奇（1922-1983），美国侦探小说作家。里奇一生只出版过一部长篇小说《虎岛》，同时创作了五百多部短篇小说。

微课堂

不少画作被收藏后，常被二次装裱，粘在另一块画布上，鉴赏家无法把画作剥离下来，这时具有穿透力的 X 光就派上了用场。使用 X 光扫描画布，成像后用电脑统计画布织线的疏密，分析织线横向和纵向的排布，可判定画布的属性。依据结果，再结合其他常规艺术鉴定手法，使鉴定结果更具可信度。

墙面内凹的部分约四米宽、一米深，紧贴墙面的天花板上装有一扇活动金属栅栏门。在展出时间之外，这面金属栅栏门会降下，与地面锁在一起，确保挂在内部的《贵族夫人》的安全。

展览开幕的那天下午，《贵族夫人》被运到美术馆展厅，从法国远道而来的阿诺先生亲手打开箱子，让画像呈现在众人眼前。不一会儿，阿诺和助手小心翼翼地把画像安放好。两名警卫立刻站在两侧，看守起来。

帕克副馆长打量起画像，说道："抱歉，先生们，我觉得画有点儿挂歪了。"他抓起画框，调整了一下位置，随后退了几步，"行了，现在一切完美了。"

晚上七点半，开幕仪式正式开始，展厅里人头攒动。展厅的中央搭建了一个临时小讲台。帕克作为馆方代表走上台发言后，就轮到市长和州长依次上台讲话。在州长讲话时，大家的注意力都聚焦在他身上，哪知《贵族夫人》画像边突然响起爆炸声，激活了安全装置，沉重的金属栅栏门掉落到地板上，立刻将《贵族夫人》画像与展厅隔绝开。

爆炸声继续接连响起，还不知从什么地方冒出灰白色的浓烟。展厅里的所有人惶惶不安，完全看不清周遭环境，只能依靠摸索逃出展厅。最终，警卫发现烟雾来自几枚装在墙壁内的烟幕弹，随即将烟幕弹拆下丢到室外，这下烟雾才变少了。

一刻钟后，展厅内的烟雾差不多散尽，帕克和阿诺回到展厅。这时，市警局的尼尔森警督也赶到了，他们打开了那道栅栏门，发现《贵族夫人》画像仍然挂在原先的地方，只是有点儿挂歪了。然而，画像左边的墙上赫然出现了一个足够成年人出入的大洞。尼尔森钻进去后发现,洞口后面是一间废弃的储藏室,而储藏室的窗户开启着。

尼尔森分析起来:"根据我的推测,盗贼应该是在墙上炸出一个洞,想通过这个洞偷走这幅画。但也许是烟雾浓得让他受不了了,总之他没有偷到画,而是原路返回,逃了出去。"

阿诺戴上手套,小心翼翼地从墙上拿下画,检查起来。帕克走到阿诺身旁,他们检查完画作的正面,将画作翻转过来,继续检查。帕克注视着背衬,情不自禁地叫出声来:"哦,不!"

阿诺的目光随即移向背衬,背衬的一角出现了一枚蓝色墨水的图章印。尼尔森听到叫声凑过来,念出了图章印中的文字:"扎尔美术用品商店。"

一幅法国运来的名画背衬上怎么会出现纽约商店的价格标记?尼尔森抚摸着下巴,说出自己的推理:"难道是盗贼用了调包计,偷走真画,将赝品挂到了墙上?然而他在小细节上犯了错,装裱假画时没有发现背衬上的商店标记。"

"别瞎猜了,"帕克出声了,"阿诺先生,这幅明明就是《贵族夫人》真迹,对不对?"阿诺此刻带着一丝狐疑细细打量起画作,说:"我不记得画框上有这处凹痕。""是爆炸造成的。"帕克立刻说道。

这时,阿诺想到了解决办法,兴奋地说了起来:"对了,我们有这幅画的 X 光片。一名聪明的伪造者也许能骗过鉴画专家,但他不可能复制画作的每一处细微差别,也不可能复制真迹的画布上每一根纱线的微观特征。我会请人立刻从巴黎把这幅画的 X 光片送过来,等到那时就能知道这幅画的真伪!"

令人遗憾的是,阿诺联系了巴黎的下属,可他们怎么也找不到《贵族夫人》的 X 光片。同时,警方的调查也没有太大收获。他们在扎尔美术用品商店里找到了盖下印子的那枚图章,也对美术馆展厅如何被盗贼装了爆炸装置和烟幕弹进行了调查,但都没发现有用的线索。

一周后,为了判断这幅《贵族夫人》画像的真伪,二十位世界顶尖的美术专家被请到了范德美术馆。其中有十二位专家主张这幅画是真迹,有六位专家声称这是一幅高明的伪作,还有两位专家坚称这是一幅技法粗陋的伪作。最后,依照少数服从多数的原则,专家委员会向外界公布结论,认定在范德美术馆内展出的这幅《贵族夫人》是真迹,但关于名画被调包的各种流言还是不胫而走。

很快,《贵族夫人》画像被送回法国,而帕克副馆长因为搞砸了这次特展,狼狈地引咎辞职。

几个月后,戴着黑色假发、深色墨镜和假胡子的帕克出现在旧金山的一家停车场,接过客户邓肯递过来的黑色皮箱,又将一只收纳筒交给邓肯。这只黑色皮箱里装着二十万美元,而收纳筒内装着一幅能以假乱真的《贵族夫人》赝品,当然,邓肯以为那是数个月前从范德美术馆偷出来的真画。

邓肯取出画作,贪婪地欣赏起来,得意扬扬地说:"所以,这幅画确实是被人偷走了。"帕克答道:"先生,我对偷画一事一无所知,这幅《贵族夫人》仅仅是出于机缘巧合落到我的手上。"邓肯会意地笑起来:"当然了,每年有几百万个傻瓜去巴黎欣赏那幅复制品,与此同时真迹却会一直在我手上。"

盗画奇谋·77

帕克告诫道:"先生,你得记住,这幅画只可供你私人欣赏,你不可以向别人展示这幅画。要是警方发现你拥有《贵族夫人》真迹,他们会从你手上夺走画作,甚至会把你关进监狱。"邓肯点头道:"我会把它保存在安全的地方,就连我的妻子也不会知道!"

邓肯离开后,帕克不禁笑了起来。到目前为止,他已经临摹了六张《贵族夫人》赝品,并且以二十万美元一幅的价格把这些赝品当成真迹卖给了六个阔绰的收藏家。

原来,帕克去巴黎和阿诺洽谈时,中途阿诺有事离开,他无所事事地在阿诺的办公室里东瞅瞅西看看,结果在书柜里发现了《贵族夫人》的 X 光片。他在那一刻想出了这个高明的"盗画"计划。

帕克从来没打算真的盗走《贵族夫人》。他带走 X 光片,是为了让世界上唯一能百分之百判断《贵族夫人》画像真假的手段不复存在。

在画刚送到展厅时,他假装调整画像位置,掌心里其实藏着他从扎尔美术用品商店拿来的橡皮图章。他抓起画像时,用图章稳稳地在画像背衬上按下印子。另外,他利用展厅装修的机会,安装烟幕弹和火药筒,只是想用爆炸和烟幕制造画被调包的假象。只要能让大家产生怀疑,觉得《贵族夫人》可能被人偷走了,他就能从这种怀疑中牟利。

很多人都已经忘记,到美术馆工作之前,帕克还曾经是个技艺精湛却生活潦倒的青年画家。现在帕克有了一百二十万美元的积蓄,他就能生活无忧地继续追逐自己的画家梦想了。

(编译:姚人杰)

第七位妻子

斯坦利·艾林

〔美国〕

小辞典

斯坦利·艾林（1916-1986），美国推理作家，擅长短篇小说。代表作有《本店招牌菜》《不合理的怀疑》等。

微课堂

在外国推理小说中，经常出现"私人侦探"的角色。著名的私人侦探形象有：阿瑟·柯南·道尔创作的"夏洛克·福尔摩斯"系列；阿加莎·克里斯蒂笔下的乡村侦探"马普尔小姐"；雷蒙德·钱德勒虚构的侦探角色"菲利普·马洛"等。

艾伯比是个打扮整洁的小个子男人。这天，他在一家二手书店里发现了一本有关法医学的书，书里有一桩案例很对他胃口。这桩案例讲的是X夫人在自家的小地毯上摔了一跤、不幸身亡的事。看起来像是场意外，然而有人指控死者的丈夫蓄意谋杀，不过这场指控因为被告突发心脏病猝死而终止。

据X先生说，当时X夫人正要给他送杯水，不料脚下的小地毯突然滑了一下。控方律师则出示了一份法医授权书，上面清楚地证明，只要丈夫在伸手接水杯的时候耍一个小把戏——将一只手放在妻子的肩膀下方，另一只手绕过她的脖子，再突然推一把——就能制造出与被地毯绊倒一模一样的惨状,而且不会留下一丁点儿作案痕迹。

艾伯比先生看了案例,心中一动,他此时正迫切渴望占有妻子的财产。艾伯比先生开了一家古玩珍品店,这家店是他生命中的太阳,可是小店的经营状况很不好,他想用妻子的财产去维持小店运转,妻子却冷酷地说:"等我死了你再打我那点儿钱的主意吧。"

妻子的这句话无意间给自己判了死刑。终于有一天,艾伯比先生实践了那本书里介绍的方法。事情发生得很快,除了裤子上溅了几滴水以外,其他都完成得干净利落。

艾伯比先生如愿继承了妻子的遗产,他是一个谨小慎微的人,待一切风平浪静后,他将古玩店搬去了另一个地方。可是,艾伯比很快发现,古玩店的运转需要的不是一笔小数目,于是不久后,第二任艾伯比夫人也突然离世了。习惯成自然,没几年,艾伯比先生已经安葬了六任夫人,古玩店却再次陷入了水深火热的经济危机。恰好在这个时候,玛萨闯入了他的生活。

玛萨是个毫无身材可言的壮女人,她走进艾伯比的古玩店,一脸挑剔地对着他精心收藏的珍品评头论足。艾伯比先生对这个顾客讨厌极了,直到她说出了那句话:"我在银行有五亿存款,但我绝不会在你这堆垃圾上花半毛钱。"

艾伯比呆住了,他被那个惊人的数字吸引了。几乎在转眼之间,他就决定,一定要想办法让眼前这位女士成为第七任艾伯比夫人。

这时,玛萨说:"我来你店里,不是因为你的商品,而是我发现,你和我去世的父亲惊人地相似。他连穿着都和你很像,十分整洁。"

艾伯比先生暗暗高兴,他殷勤地和玛萨聊了起来。通过聊天,艾伯比知道，玛萨至今还是单身。之后一段时间，玛萨常来艾伯比的店里，两人很快熟识起来。有一次，玛萨叹着气说："我这个年纪，已经不太可能再遇到梦想中的男人了——他必须是个令人尊敬的绅士，愿意每分每秒都陪着我、关心我、爱护我。他还必须能唤醒我对已故父亲的记忆。"

艾伯比先生立刻抓住了机会，他将一只手轻轻地放在她的肩膀上，严肃地说："玛萨小姐，你或许已经遇到这个男人了。"接着，他趁热打铁，向她求婚了。

玛萨红着脸答应了。婚礼过后，玛萨的律师盖因斯伯勒来拜访他们，夫妻两人当着律师的面交换了遗嘱，同意自己死后，对方将继承自己的所有财产。艾伯比先生在仪式中偶尔显得心不在焉，因为他的脑子里正盘算着如何进行接下来的计划——之前立过六次功的那块地毯首先要到位，然后就是等待合适的时机讨一杯水了。当然，这事还不急，等上几周也没关系。

然而，几周还没过完，艾伯比先生就意识到，他的计划必须大幅度提前，即使是几周时间，他也等不下去了。这段婚姻对他来说，简直是一场噩梦。

单说一点，玛萨的家是从她母亲那里继承下来的一幢别墅，那简直就是个乱七八糟的洞穴，每个房间里都堆着数量惊人的垃圾，表面还积着一层灰，这些对热爱整洁的艾伯比先生来说，就像一直有人在耳边用指甲划黑板。此外，这位新任的艾伯比夫人还热衷烹饪，一到吃饭时间，她就会端上一道又一道油腻腻的菜肴，逼着丈夫全部吃完，这导致一向饮食清淡的艾伯比消化不良，苦日子雪上加霜。

于是艾伯比先生决定,是时候实施终极计划了。这天傍晚,他把地毯带回了家,小心地铺在客厅与厨房之间的走廊上。

吃完晚餐,艾伯比先生看着妻子慢慢地从椅子上站起身,穿过走廊,走进厨房。他大声地清了清喉咙,说:"亲爱的,我口渴了,能帮我从厨房拿一杯水吗?"

很快,玛萨端着一杯水出来了。艾伯比小心地将一只手搭在她厚实的肩膀上,举起另一只手,像要拂去一缕散落在她脸上的头发。突然,玛萨平静地问:"这就是发生在其他人身上的事吗?"

艾伯比先生的手僵在半空,感到一阵寒意钻入骨髓。"其他人?"他好不容易挤出一句话,"什么其他人?"

玛萨咧开嘴巴冲他微笑,她手中的水杯稳稳当当,里面的水一晃不晃,"其他那六个。据我所知是六个,怎么,还有更多?"

艾伯比努力控制住自己,说:"不,我不知道你在说什么!"

玛萨淡淡一笑:"亲爱的,你不能就这么把之前的六个老婆都忘了啊,事实上,这很容易查出来,我的律师,盖因斯伯勒先生是个非常聪明的人。"

"这都是盖因斯伯勒瞎编的!"

玛萨"扑哧"笑了:"你这个小傻瓜,其实,从看到你的那一刻起,我就知道你是个怎样的人了。"

艾伯比先生试图让自己镇定一些,他气喘吁吁地问道:"你是怎么知道的?"

玛萨冷冷地说:"因为你和我父亲简直是一个模子里刻出来的,方方面面都是——你的穿着,整洁得令人厌恶,还有你那一本正经的样子。你就是他那样的人，而他是我这辈子最憎恨的人，他为了钱与我母亲结婚，最后为了遗产杀死了她。"

"杀了她？"艾伯比先生呆若木鸡。

玛萨冷酷地说道："没错，他杀死了她——先问她要一杯水，等她把水拿来时弄断了她的脖子。"

艾伯比先生突然想到了什么，他追问道："后来你父亲怎么样了？被抓了吗？"

玛萨答道："没有，他没被抓，案发时没有目击证人。不过，盖因斯伯勒先生曾经是我母亲的律师，他找到一位医生，那位医生证明了我父亲是如何杀死她的。可是，判决还没下来，我父亲就因为突发心脏病死了。"

艾伯比惊呆了："就是那件案子——我读到的那件！天哪，既然这样，你为什么要和我结婚？"

玛萨用冰冷的语气说："当年我发过誓，日后一定要找个和父亲一模一样的男人，然后让他受尽折磨。我将对他所有的生活习惯了如指掌，却一项都不让他得到满足。我知道他为了钱才与我结婚，但在我死之前，他休想拿到半分。我会活很久很久，而他必须小心翼翼地照顾我，尽量让我多活一口气。"

此时艾伯比先生已经恢复了理智。他发现，尽管玛萨十分激动，脚却没挪步，还站在刚才的位置。于是他轻声地问："你怎么能让他心甘情愿这么做呢？"同时悄悄地朝她靠近了一点。

玛萨看穿了他的意图，却并不在意，她说："盖因斯伯勒先生手上有关于你前几次婚姻的一切文件，另外，他手上还有一封我的亲笔信，表明如果我死了，务必立即进行调查。我们就直说了吧，我希望你从此永远忘记你那家没用的古玩店，乖乖在家陪着我，尽量让我高兴。这样过个几十年，也许哪天我心情一好，会撕毁那封信。"

艾伯比先生脸色铁青："你要我放弃那家店？"

玛萨轻松地点点头。这时，电话铃声突然响了起来，玛萨笑道："是盖因斯伯勒先生，他一直这么小心谨慎。要是哪天晚上九点，我没有打电话告诉他我很好、很开心，他可能会马上跳起来，认为发生了最不好的事。"

艾伯比先生想验证一下，于是他抢先拿起电话听筒，从里面传出盖因斯伯勒的声音："喂，是艾伯比夫人吗？"

艾伯比先生想要个把戏，就说："不是，恐怕她现在不能来接电话。你是谁？"

传入他耳中的声音带着明白无误的威胁意味："我是盖因斯伯勒，艾伯比先生，我希望能马上和你妻子说话。我给你十秒钟让她来接电话，听明白了吗？"

艾伯比先生心灰意冷地转向妻子，递出听筒。接着，他吃惊地看到，妻子脚下的地毯在她准备放下水杯时稍微滑动了一下。她挥舞着双臂，想保持平衡，水杯跌到他的脚边，打湿了他整洁的裤子。妻子的脸扭曲变形，身体重重地倒在了地上。她毫无生气的身体躺在了他最熟悉的那个地方。他看着她，几乎忽略了从电话听筒一直传到他脑子里的声音——"十秒钟数完了，艾伯比先生。"里面的声音近乎尖叫："明白了吗？你的时间到了！"

（改编：小可）

古董沙发

唐纳德·奥尔森

〔美国〕

小辞典

唐纳德·奥尔森,美国作家,擅长悬念小说。他四十年来笔耕不辍,几百篇精彩的悬念小说使其名声大振,多次获得各种大奖,包括"爱伦·坡短篇小说奖""最受读者喜爱的作家奖""最佳作品奖"等。代表作有《音乐盒》《法国雨伞》等。

这天下午,乔治和自己的夫人在家里发生激烈的争执,夫人连气带急,竟用一把尖刀刺死了丈夫。

乔治死了,静静地躺在地上,乔治夫人脑子却一片空白。自古以来,杀人者偿命,可她不想偿命,怎么办?她目光游移不定,最后落到那张正在拆卸的古董沙发上,她突然灵机一动,想:如果掏空里面的弹簧,这个沙发不就是具棺材?而且,明天,就有搬运工过来把沙发搬到约克镇她所经营的一家古董店里。

想到这,乔治夫人好像一下子来了力气,她连拖带拉地把乔治弄进沙发,接着,又对沙发做了一番装饰工作。从外面看,看不出一点蛛丝马迹……

第二天,门铃响了,乔治夫人打开门,是约好的两个搬运工过来了。正说话间,乔治夫人的好朋友明尼也来了,她是过来帮忙的。

乔治夫人指挥工人搬沙发,他们把沙发搬到了门口,但无论如何就是抬不出去,因为门太小了。

明尼也感到奇怪,嘀咕道:"怎么会呢?按理说,这个沙发能搬进来就应该能被搬出去!"

然而,各种各样的方法都试过了,但都无功而返。两个搬运工瞪着眼睛望着乔治夫人,问:"夫人,你们是怎么把这个怪物弄进来的?乔治先生呢,他知道吗?"

明尼很恼火:"乔治先生不住在这里,他此刻跟他的姘头住在一起呢!"

乔治夫人听了,朝明尼摆摆手,解释道:"我搬进来的时候,这个沙发就已经在这儿了。我想起来了,以前住这儿的房客叫巴斯雷先生,他曾说过把两扇小门给拆掉了,后来换上了一扇大门。你们是不是也可以把门给卸掉?"

"夫人,恐怕得把整个门框都卸掉才行呢!可我们不是木匠!"

乔治夫人急了:"那我们现在怎么办?"

搬运工耸耸肩,抬腕看了看表:"这是你的问题,夫人,我们服务的时间到了!"说完,他们拿了钱后就离开了。

明尼有点失望,她抱怨乔治夫人早就该把门的尺寸事先量好,她出了个主意:"你还是把沙发拆掉吧!"

乔治夫人阻止道:"那太麻烦了,让我再想想办法吧。"想来想去,最后她从报纸上找到了一个木工登的广告,马上拨通电话,请他立马过来把门框给拆掉了。接着又趁热打铁,联系好一家搬运公司搬沙发。

明尼在一旁乐了,"嘻嘻"一笑说:"看样子,亲爱的,你太想离开这个家了!"说着话,她皱了皱鼻子,"你闻到吗,怎么有股发霉的味道?"

"没有啊,"乔治夫人说,"你说得对,我很急,最好今天就搬到约克镇,享受那里自由、清新的空气。"

说笑间,一高一矮两个搬运工过来了,看上去膀大腰圆的,胳膊伸出来块块都是腱子肉,想不到的是,他们对沙发居然也表现出浓厚的兴趣。

高个子说:"夫人,你们刚才提到开了个古董家具店?"矮个子也说:"这门生意我有关系。我可以帮你联系一个经纪人收购这张沙发,肯定给你出个好价钱。我知道,每隔一周他就把这类家具拉到德克萨斯州去,像这种沙发在那边卖得特火。"

明尼似乎给吸引住了,问:"像这个沙发能卖多少钱?"

乔治夫人胸有成竹地说:"至少要卖三万块,少一分我都不可能出手!"

明尼惊讶起来:"真的?乔治夫人,你真觉得它值那么多钱?"

乔治夫人说:"我还没往上说呢,我敢打赌,他们在德克萨斯州一转手就能卖出五万块。"

乔治夫人近来遭受了种种挫折,所以她觉得明尼对她的帮助和情感上的支持特别珍贵。两个女人紧张地看着工人将沙发抬起来,喘着粗气慢慢将其搬出了房间,然后朝楼下走去。乔治夫人一步不离地跟在他们身后,紧咬着嘴唇看着他们把沙发抬到了卡车上。她真希望自己能跟着工人往约克镇跑一趟,但她觉得明尼靠得住,可以帮着她监督工人们卸货。未来的事情她都计划好了,把乔治从那个沙发棺材里拖出来,再在新开小店后面的花园里找个地方挖个坑,将他埋起来。对她来说,最难熬的时候已经过去,她突然有一种被解放的感觉,准备全身心地迎接充满美好希望的未来。

乔治夫人把店铺的钥匙交给明尼,笑着说:"都交给你了!什么时候加盟我的小店吧,说不定我们还可以成为合伙人呢。"

明尼接过钥匙,笑道:"亲爱的,如果是那样就再好不过了!你知道我老是觉得闲得没事干。"明尼说完,就跟搬运工一起坐车走了。

过了几小时,明尼回来了。回来的时候她显得特别疲劳,失去了欢快的样子,而且还忧心忡忡的,仿佛去了一趟约克镇就把她累垮了。

乔治夫人一下子就注意到了她的变化,关切地问:"一切都顺利吗?"

明尼的神态有点闪烁不定,目光朝公寓四处打量着,支支吾吾道:"哦,没什么,一切都顺利,只是……我怕说出来你生我的气。"

"我为什么要生你的气?你帮了我一个大忙。"

"亲爱的,是这样,是那个沙发。那两个热情的小伙子卸完货走了还不到一刻钟,一辆大卡车就停在了小店前,车的一侧印着'美国回收'的字样。你还记得吗?那搬运工说认识一个收古董的,弄到维克多利亚时期的家具就往南方拉。他们肯定跟那个收古董的说了。我简直不敢相信,他只粗粗看了看沙发,就出了价钱,最后六万块成交!比你说的出手价还多了一万块。不过,我知道我应该事先跟你打个招呼,但我觉得你要是在场,也会立刻答应的。他给我的发票就在我的包里……乔治夫人,你不会不高兴吧?"

乔治夫人的嗓子像是被卡住了,一时喘不过气来,好一会儿她才发出声音:"你是说把沙发卖了?"

"没错,收古董的和他的助手把它装上了他们的卡车。当时车上已经装满了货。这会儿沙发已经上路了,不久就会在德拉斯的一家拍卖行里拍卖。乔治夫人,这事我没有做错吧?你的脸色怎么这么难看?"

乔治夫人挣扎着苦笑了一下:"没事,亲爱的,你做得对……沙发到了德拉斯,你说逗不逗?乔治一直就想去那个地方看一看。"

(改编:夏雨)

国王的宝座

保尔·布朗

〔美国〕

凯维尔年纪轻轻就成了举世闻名的雕刻大师，人们公认他是近年来罕见的艺术天才。传言说，他每雕刻好一件作品，都要把自己关在房间里和作品交流几天几夜，他刀下的作品都具有独特的生命力，名流巨贾们都以拥有一件凯维尔的作品为荣。

这天傍晚，两个中年男子叩响了凯维尔的家门。凯维尔刚从工作室出来，见到两名不速之客，不由得皱了皱眉，他嗔怒地看了管家一眼，管家立即知趣地向凯维尔悄声说道："这是一个王国派来的使者，他们想请您雕刻一把木质御座。开出的价格，是一斛珠宝。"管家说着，打开了一个小方盒，幽暗的房

微课堂

讽刺（英语：satire）是一种文学手法，采用夸张或反讽等方式，从而产生强烈的故事效果。西方讽刺小说，可以上推到古罗马帝国希腊语作家琉善的《真实的故事》。作者以第一人称，写一群人到月亮、极乐世界等好几个地方游历的经过，标题"真实的故事"就是极大的反讽。后世杰出的讽刺小说有法国拉伯雷的《巨人传》、英国斯威夫特的《格列佛游记》、西班牙塞万提斯的《堂吉诃德》等。

间立即被珠宝放射出的光芒照亮了。

凯维尔点了点头，脸色也好看多了。石雕、玉雕、牙雕，这些技艺凯维尔都会，可他最偏爱的，还是木雕。他向那两人说道："你们打算让我用什么材料？既然是国王的宝座，普通的木材肯定不能胜任。楠木过脆，杉木易蛀，最好的木材……"

凯维尔还没有说完，其中一个瘦子使者就接上了话："您是大师，我们不会用普通的木料来玷污您的手笔。我们国家为您准备了千年沉香木。"

"千年沉香？"凯维尔眼前一亮，到目前为止，他和沉香木打交道只有屈指可数的几次：一次是为英国女王做床饰，女王那张睡榻用的正是沉香木。还有一次是阿联酋王储选妃，请他雕刻梳妆台，用的也是沉香木。那两位都是世界上数得着的顶尖人士，可他们所用的沉香木也不过数百年之久，千年沉香，那可是所有木雕家梦寐以求的材料啊！凯维尔不由得激动起来："如果你们说的是真的，这次我哪怕分文不取，也要接下这个活。"

两名使者对望了一眼，一齐微笑起来："大师就是大师啊，千年沉香木是千真万确的。我们这次来，还有一个小小的请求，那就是想请大师您亲自去我们王国一趟。您知道，我们这次来已经很引人注意了，要是再托运沉香木，怕会出什么意外。"

说着，两名使者拿出了一页国书，上面清清楚楚地写着邀请凯维尔为王国雕刻国王的宝座，国书上，还盖着硕大的国玺印章。

凯维尔被两名使者调起了兴致，他向管家吩咐了几句，简单收拾了行李，就跟着使者登上了专机。可是，等到了王国的首都，凯维尔马上就意识到情况有些不妙,只见首都的街头有数不清的游行队伍,尽管凯维尔看不懂写在长长横幅上的标语,可他看得懂游行者愤怒的神情。

两名使者倒是毫不惊慌,他们领着凯维尔穿过一道道封锁线,最后走进了王宫。瘦子使者这时才坦白了自己的身份,原来他竟是国王跟前的内政大臣。

内政大臣解释说,因为国王沉湎酒色,不理国事,导致民不聊生,最近外省的部队发生了哗变,首都的老百姓也和叛军遥相呼应,可是,就在这危急时刻,国王竟然不见了踪影,连他这个内政大臣都不知道国王的去向。

凯维尔很纳闷,在这火烧眉毛的时刻,内政大臣怎会有闲情逸致请自己来雕刻宝座?这未免太离谱了。

然而,内政大臣接下来的话,让凯维尔意识到自己身上所负的重任:"凯维尔大师,虽然情况有些复杂,但您的任务是明确的,我们就是想请您雕刻一个国王的宝座。因为据我所知,外省的叛军并不想篡位,他们只想和国王谈判,从中捞取好处。可前段时间,愤怒的百姓冲进王宫,砸碎了宝座。我们听说,您刀下的作品都具有震撼人心的生命力,我们现在找不到国王,就想请您雕刻一个宝座,以此为号召,与叛军谈判。"内政大臣说着,深深地向凯维尔鞠了一躬。

凯维尔本想拒绝,可就在这个时候,内政大臣打开了一扇门,那里面放着的正是珍藏的千年沉香木。凯维尔的眼睛立即瞪大了,他迫不及待地绕着沉香木走了两圈,然后贪婪地蹲了下来,轻轻地抚摸着木料,欣赏着它那完美的脉络和纹路。

内政大臣小心翼翼地问:"您能接下我们的任务吗?"

"当然,那当然。"凯维尔呆呆地欣赏着沉香木的纹路,有些不耐烦地向内政大臣挥了挥手。

内政大臣如释重负地走了出去,接着他派人送来了凯维尔所需要的工具,然后派了一支部队守在这里,保护凯维尔。

日子一天天地过去,眼见外省的叛军越来越逼近首都,可凯维尔工作室的那扇门还一直紧紧地关闭着。内政大臣忧心如焚,他请凯维尔来雕刻宝座,也是死马当作活马医。国王是在百姓冲进王宫那天失踪的,内政大臣推测,国王肯定是吓得逃出王宫,躲了起来。只要宝座做成了,放在谈判的现场,也许能拖延些时间,这期间说不定国王会突然回来呢。

外省的叛军终于兵临城下了,首都全城都鼓噪起来,老百姓不顾守军一再阻拦,潮水一般涌上了城头,打开了城门,让叛军冲了进来。

内政大臣知道大势已去,他不死心地又一次来到了凯维尔工作的地方,眼巴巴地朝紧闭的大门看了一眼,可是,门丝毫没有打开的迹象。内政大臣低下头,现在,他只能走出去会见叛军,哪怕从此成为阶下囚,也没有办法了。

就在内政大臣心灰意冷地向外走去时,他猛地听到身后"吱呀"一声,回头一看,工作室的门打开了!虽然看不到凯维尔的身影,可是内政大臣已经清晰地看到了高大的宝座。

这宝座足有两米多高,椅背上镶嵌着象牙装饰的巨大国徽。内政大臣看着看着,双膝就不由自主地跪了下去,嘴里喃喃道:"国王,我的国王啊！"这时，一双有力的手扶起了内政大臣，内政大臣正恍惚间，看到了凯维尔含笑的眼睛："我的任务，算是完成了吧？"

凯维尔的问话让内政大臣清醒过来，他又看了一眼宝座，立刻胸有成竹地下令向叛军传话，他要代表国王和叛军谈判。叛军很快回答，不和内政大臣谈，要谈，必须国王亲自出面。

这话正中内政大臣的下怀，他让人火速安排会谈地点，又如此这般地嘱咐了一番……

到了约定时间，内政大臣神采奕奕地走进会谈大厅，叛军首领一见国王没来，立刻就要轰他出去，内政大臣却不慌不忙地拍了拍手，只见八个士兵抬着宝座走进了会议厅。宝座被放在了会谈的主位上，不知怎的，一股说不出的威严在大厅里弥漫开来。宝座好像有了生命，带给人们前所未有的敬畏感。内政大臣先跪下了，紧接着，几名叛军将领也跪下了，连声高呼"国王万岁"。

接下来的谈判轻轻松松，叛军毫不犹豫地答应了退兵，他们连国王的面也没见着，就被一把椅子给收服了。接下来，内政大臣命令士兵护卫着宝座，在首都的大街小巷游行三天。叛乱的百姓们都被宝座征服了，宝座所到之处，一片"国王万岁"的欢呼声。凯维尔迷恋地看着自己一刀一刀雕刻出来的作品，心里充满喜悦。

这时，一个醉汉光着上身，踉踉跄跄地从人群里走了过来，可能是喝醉了的缘故，他见到宝座后一点也不敬畏，反而毫不犹豫地爬了上去，两脚一收，自自然然地睡下了。

凯维尔怒不可遏地瞪着那人，这宝座连国王都还没坐过，怎么能让一个醉汉睡觉呢！愤怒中，他感到宝座正散发出强大的魔力，似乎在命令自己：快，快把这个亵渎王权的流浪汉干掉！凯维尔像着了魔似的，拿起刻刀，一划拉，锋利的刀口立刻划开了醉汉的脖子。

内政大臣闻声赶来，走到跟前一看，差点晕了过去，因为他看到，失踪已久的国王，竟然死在了宝座上！

"这、这、这是怎么回事？"内政大臣惊叫起来。

凯维尔愣住了：什么，这个醉汉竟然是国王？难怪只有他没被宝座的威严征服……凯维尔傻傻地呆在原地，正要开口，内政大臣突然低声阻止了他："别声张，只要有宝座在，有没有国王，又有什么区别呢……"

是啊，一个昏庸的国王还不如一把倾注了艺术家心血的椅子有生命力，凯维尔陷入了沉思……

（编译：焦松林）

机器人管家

艾萨克·阿西莫夫

〔美国〕

陌 生

这天,玛丽家来了两位不速之客:机器人公司的资深专家苏珊博士和一个叫托尼的男人。托尼身材高大,面容英俊,但他却是一个机器人。

苏珊博士介绍说:"托尼是我们公司的新型机器人。他有精密的人工头脑,懂语言,拥有执行工作所需的足够知识,是专门为您这样的家庭主妇设计的。现在,我们需要您参与一次实验,单独与托尼相处一个月,以帮助我们改进他的设计。您的丈夫已经在合同上签字了。另外,请您务必不要泄露托尼的真实身份,这是我们公司的商业机密。"

小辞典

艾萨克·阿西莫夫(1920—1992),美籍犹太作家与生物化学教授,门萨学会会员,以科幻小说和科普丛书最为人称道。代表作有《永恒的终结》《神们自己》《我,机器人》等。

微课堂

阿西莫夫是公认的科幻大师,与罗伯特·海因莱因(《异乡异客》)、阿瑟·克拉克(《2001:太空漫游》)并称为"英语科幻小说三巨头"。他的作品中,以"基地系列"最为人称道,其他主要著作还有"银河帝国三部曲"和"机器人系列",三大系列堪称"科幻圣经"。

玛丽看了看合同，又看了看丈夫，他有多久没像此刻一样，热切地看着自己了？她意识到这次实验是有偿的，而且能让他借机离开乏味的家庭一个月，是他梦寐以求的。她除了同意，别无他法。

很快，丈夫就和苏珊博士一起离开了。玛丽失魂落魄地留在原处。她发觉托尼的目光落在自己身上，她第一次和一个英俊的陌生"男人"独处，只好尴尬地躲进卧室，再也不曾出来。

第二天早上，卧室房门响起轻缓的敲门声，玛丽刻意冷淡地问："是你吗，托尼？"

"是的，太太。我能进来吗？"

得到玛丽的同意后，托尼推开房门，端着丰富的早餐出现了，说："希望你喜欢。"

玛丽根本不敢拒绝，她缓缓撑起身子坐在床上。她紧张地抓紧被单，托尼走出去、关上房门时，她才无力地仰倒在枕头上。玛丽不断地鼓励自己：他只是一架机器，他一点也不可怕。

玛丽迅速地吃完早餐，换好衣服到厨房一看，哇，整间厨房焕然一新。

托尼悄无声息地出现在她身后，问："我能帮忙吗？"

玛丽看了一眼亮晶晶的厨房，说："不用，你做得相当好。"当她走到客厅，不禁更为惊讶，托尼居然把所有家具都擦了一遍。玛丽酸溜溜地说："你们这种机器人会让家庭主妇失业的。"

托尼立刻回答说："目前为止，人类的大脑，比方说你的大脑，它的创造性和多样性仍是我无法取代的。"虽然他的脸部没有任何

机器人管家·97

表情，声音中却充满着敬畏和赞美。

玛丽悲伤地说："但我先生认为我没有大脑……他要一个《美丽家庭》杂志上那样的家，要我做个体面的女主人，就像隔壁的碧丝，但我永远也做不到！"她的眼眶红了，赶紧别过脸去。

不过托尼并未望向她，他正在四下打量这个房间，肯定地说："我能帮你把家布置成《美丽家庭》杂志上的那样。你能帮我找来这方面的书吗？"

于是，玛丽从图书馆借了厚厚两册家庭艺术专论。她望着托尼，只见托尼翻开其中一本，一页一页飞快地翻书。在突如其来的冲动下，玛丽抓住了他的手掌。托尼没有拒绝，只是放松手掌让她观察。

玛丽说："太妙了，连你的指甲看来也像真的。"

"当然，"托尼答道，接着又解释说，"我的皮肤是韧性塑胶，骨架是轻质合金。"

玛丽心头一凛，她为什么不断忘记他是个机器人？她真那么渴求同情，甚至愿意将一个机器人当成真人来倾诉苦恼？她注意到托尼仍在翻书，像是一筹莫展，玛丽心中涌起一股优越感，问他："你不能读书吗？"

托尼抬头望向她："我是在扫描这些书页。我的阅读是照相式的……"托尼仍在解释，但是玛丽的注意力仍在他的手上，它摸起来既温暖又柔软，好像真人的手一般……

接下来几天，玛丽天天光顾图书馆。托尼建议的书目扩展到许多领域，包括时尚、艺术等方面。

蜕　变

第一周结束，托尼坚持要帮玛丽剪发，还为她搭配粉底与口红的颜色。

改造过后，玛丽对着镜子沉默了好一阵子。她不敢置信地挑挑眉，镜子里的美女也挑挑眉；她咬咬嘴唇，镜子里的美女也娇羞地咬咬嘴唇。良久，玛丽才接受镜子里的美女就是自己这个事实，她哽咽地感谢托尼，视线始终没有离开镜中的自己。

几天后，托尼又让玛丽去买壁纸、窗幔、油漆、衣服等，因为公司明令禁止机器人出门，所以这些都要玛丽去办。

玛丽不自信地说："我不可能一口气买到合乎规格的一切。而且钱是个问题……"

托尼变戏法似的拿出一张无限额信用卡，告诉她："采购也是实验的一部分。"

玛丽有了这张信用卡，底气也足了。她来到一家高级服装店，对一位服务员描述要买什么服装。

不料这位高贵的服务员却以最纯正的五十七街法语，对她的描述嗤之以鼻。

玛丽立刻打电话给托尼，再将话筒递给那个讲法语的服务员："如果你不介意，我希望你跟我的……秘书谈谈。"

服务员优雅地接过话筒，冷淡地说："是的。"顿了片刻后，又说了一句，"是的。"经过很长时间的停顿，他以非常恭敬的语气再说一句，"是的。"接下来，他都以一种虔诚的态度为玛丽服务。

过了几分钟，玛丽听到有人叫自己的名字，她转过身，发现邻居碧丝站在自己身后。碧丝微微歪着头，傲慢地一笑："我不知道你在这儿买衣服。你在这里显得有点——特别……"仿佛在她眼中，这家商店的品位因此一落千丈。

玛丽听了这话，心情又跌落了谷底。她买好托尼交代的衣服，立刻回了家。十几天相处下来，她已经习惯对托尼倾吐心声："碧丝为什么要那样对我？我应该回敬她，我应该把她打倒，踩在她身上。"

"你这么痛恨一个人吗？"托尼以不解的口吻，轻柔地问道。

玛丽叹了口气，说："不，我想该怪我自己。她每一方面都是我梦想的目标……"

托尼低沉有力的声音传到她耳朵里："你做得到，玛丽。我们还有时间，这个家会发生脱胎换骨的变化。在我离开前的那天晚上，你会举办盛大的新居落成宴，邀请她和她的朋友一起来。"

玛丽迟疑地说："她不会来的。"

"不，她会来。她会来嘲笑你……但她将笑不出来！"

玛丽欣喜地握住了托尼的手："你认为我们做得到吗？但是这又有什么意义，这一切都是你创造的。"

托尼说："我被造来服从人类，但我服从的程度可由我自己决定，我对任何命令可以认真也可以敷衍。对你的命令，我认真执行，因为你和蔼可亲。但对于碧丝那样的人，我不会像服从你那样服从她。所以造就这一切的是你而不是我。"说完，他将双手从她手中抽出来。

玛丽望着托尼的面孔，突然再度感到恐惧，这次是另一种全新的恐惧。

玛丽预感托尼会有一些特别的行动，然而他除了彻夜工作，对玛丽再也没有进一步的表示了。

这天，玛丽试图帮忙。当时托尼在隔壁房间，她爬到梯子上，打算将一幅画挂到墙上。不过她太紧张，梯子摇摇欲坠，吓得她失声大叫。就在她以为自己要重重摔到地上之时，托尼以远超血肉之躯的速度，稳稳地接住了她，还轻轻地问了一句："你受伤了吗？"

玛丽注意到，他一手搂着自己的肩膀，另一手托着自己的膝部，紧紧地、热情地抱着她。她推开他，尖叫着跑回卧室。这天，她一直待在卧室，没再出来。

很快，玛丽寄出了邀请函，而且正如托尼所说的，客人们都欣然接受了。现在，她只需等待最后那天的到来。

结 局

最后的那天终于来了。这个家已经不是玛丽和丈夫曾经生活过的家了，真的变成了《美丽家庭》上的样板房。而玛丽呢，也穿上了以前绝不敢穿的礼服，同时也穿上了骄傲与自信。她在镜子前摆了一个轻蔑但不失礼貌的表情。不知道丈夫看到此刻自己的模样，作何感想……话说回来，这没什么关系。令人兴奋的日子不会随丈夫而来，而会随托尼而去。

时钟敲了八下，每一下都令玛丽透不过气来。她转向托尼说："客人很快就到了，托尼。你最好到地下室去，不能让客人们看到你！"托尼却没有任何离去的意向。

玛丽又提高嗓门，叫了一声："托尼？"

这时，托尼的双臂已经环抱住玛丽，他的脸贴近玛丽的脸，他的搂抱令玛丽无法挣脱。托尼说："有很多事我生来就不该了解，这一定是其中之一。我明天就要走了，而我不想走。我发觉在我心中，不仅只有讨好你的渴望而已。"他的脸凑得更近，他的唇没有透出任何气息。玛丽觉得自己快不能呼吸了，托尼几乎要吻到她了……

突然，门铃突兀地响了。不等玛丽挣扎，托尼就走掉了。玛丽震惊地发现：门帘不知何时被拉开了，十五分钟前它们还是阖上的。那些门外的访客，包括碧丝，一定看到了托尼和自己……

玛丽不敢再想下去，她强撑笑容打开房门。

客人们鱼贯而入。进屋后，他们犀利地扫视每一个角落，他们刚才一定看到了。碧丝率先咄咄逼人地问："玛丽，这么重大的日子，你的先生不在家？"

玛丽有点心虚地说："是的。但我想，他明天就会回来。我自己一个人也挺好的……"

碧丝转了一圈，表现出了前所未有的愤怒，然后找了一个借口，匆匆离去。当玛丽送碧丝出去时，她还听到一句断断续续的悄悄话："那是谁？从来没见过……真是英俊……"

玛丽心中升腾起一股前所未有的满足，他们都看到了托尼，他们都嫉妒自己。

玛丽送走最后一位客人，一切都结束了。她看着焕然一新却寂寞冷清的房子，突然奔进卧室。这一晚她彻夜未眠，一直哭到天亮。

第二天清晨，大街小巷仍空荡荡的时候，一辆汽车开进玛丽家，送来了她的丈夫，接走了托尼。

此后的很长时间，玛丽都在等着"托尼"面世，然而却迟迟没有等来。她甚至让丈夫向苏珊博士打听。

苏珊博士回答："托尼是一个失败的产品。"

玛丽的丈夫却说："我认为他很成功，你不知道他把玛丽改造得多么美丽自信。"

苏珊博士冷静地说："正是因为这种成功才导致了失败。托尼是一个机器人，他分析了当时玛丽的境况，一步步改造她、改造她家，甚至改造别人对她的态度。所有的行动都是他精心计算好，为玛丽的满意快乐而执行的程序罢了。而玛丽呢，作为一个人类，即便感到恐惧和绝望，却仍迷上了一个没有灵魂的、冷冰冰的机器人。这样的机器人怎么能够面世？"

（改编：李嘉）

最后的微笑

亨利·斯莱萨

〔美国〕

芬雷是个难对付的罪犯,他从小就不学好,是少年犯管教所的常客。半年前芬雷跟一名同伙抢劫商店时,残忍地殴打并杀害了年迈的店主,同伙侥幸逃脱,而芬雷被警察抓住。芬雷始终不肯供认同伙是谁,被判了死刑,就等待月底行刑了。

如今芬雷在监狱里索性破罐子破摔,寻着机会就闹事。狱警拿他没辙,把他关进禁闭室,芬雷瞅准了狱警不可能任由他饿死,就开始绝食。

依照惯例,牧师要与死刑犯见面,开解感化他们,尽量减少犯人面对死亡的恐惧。可芬雷一直不肯接受牧师的辅导,说自己连律师都会骂走,更别提牧

小辞典

亨利·斯莱萨(1927-2002),美国小说家、编剧。作者擅长侦探和科幻小说,以讽刺的情节和出人意料的结局为人称道。代表作有《考试日》《一日警察》等。

微课堂

《启示录》是《新约圣经》收录的最后一个作品,作者是拔摩岛的约翰,主要是对未来的预警,包括对世界末日的预言。"启示"一词的希腊文为"阿波卡利普西斯",意思是揭示、揭开之意。

师了,现在什么人都帮不了他。

这天,芬雷照旧拒绝了那个一直来找他的小个子牧师,牧师却仍旧用恳切的语气劝说道:"拜托了,让我和你聊聊吧,这件事真的很重要。"

芬雷不屑地说道:"什么事很重要?我不想听你为我祈祷,老子可不怕死。"

牧师似乎不为所动,继续恳求:"拜托了。"

芬雷突然感到有些好奇,点了点头,同意和牧师聊聊。牧师一走进牢房,就从口袋里掏出一本黑封皮的《圣经》,芬雷立马懊悔,喊道:"不要,我才不要读这狗屁《圣经》!""你只要看一眼。"牧师语重心长地说。

芬雷从牧师手上接过《圣经》,看见翻开的那页上写着"启示录"三个字,接着,他发现书页里插着一张小纸条。他抬头看了眼牢房外巡逻的狱警,稍稍抬起书,遮挡狱警的视线,然后展开小纸条,见到上面写着"信任我"三个字。

芬雷眨了眨眼睛,简直不敢相信自己的眼前所见,又抬起头望着牧师。牧师说道:"现在我们能谈谈了吗?时间不多了,孩子。"

"呃?"芬雷说道,"到底是什么事……"

"嘘!"牧师伸出一根手指,放在嘴唇前,同时使了个眼色,瞅向牢房外的狱警,"孩子,不要再讲话了,我们来祈祷吧。"他闭上眼睛,开始念诵经文,芬雷在困惑之下也跟着念起来。等到经文念完后,牧师面露喜色,离开了牢房。

芬雷直到第二天夜里,才再次见到了牧师。这次,芬雷毫不犹豫地让这个小个子的牧师进入牢房。一等到牧师进来后，芬雷迫不及待地对他耳语："听我说，我得要知道，是威利·帕克斯派你来的吗？"

"嘘！"牧师紧张地说道，同时望了望牢房外巡逻的狱警，"咱们待会儿再说……"

"肯定是威利。"芬雷自言自语，"我就知道，威利不会让我失望。"

牧师翻开《圣经》，意味深长地说道："《圣经》告诉我们要有勇气，孩子，要对我们自身，对朋友，对主存有信心，你明白了吗？"

"我明白。"芬雷说道，他觉得自己对牧师的意思掌握得清清楚楚。

之后好几天，芬雷都没见到牧师，当狱警听到芬雷主动要求见牧师时，他惊讶地睁大眼睛，扬起眉毛。牧师到来后，芬雷微笑着说道："牧师，今天的《圣经》说了什么？"

"说到了希望。"牧师严肃地说，"我们要一起念一下吗？"

"当然，不管你念什么都行。"

牧师念诵起来，芬雷念到最后不耐烦起来，这时牧师递来一本小开本《圣经》。芬雷翻开后发现封皮内写着一行字："一切都安排好了。"牧师微笑地看着芬雷，没有再说什么，只是叫狱警来开门，径直离去。

转眼间，就到了芬雷行刑的日子。上午，芬雷的律师来探访他，没有带来任何好消息，只是说如果芬雷答应供出同伙的名字，那么他还能向法官求求情。到了中午，监狱长过来探望，再次询问芬雷是否愿意说出同伙的姓名，但芬雷只是笑了笑，问能不能见牧师。监狱长叹息了一声，起身离去。

到了晚上六点钟时，芬雷终于见到了牧师。他小声问牧师："该怎么做？是要强行越狱，还是……"

"嘘！"牧师警告道，"一切都安排好了，我们必须相信至高的力量。"

芬雷点点头，和牧师一起读起《圣经》。

行刑通常都会在半夜进行，随着时间越来越晚，芬雷也开始感到恐惧。他开始怀疑越狱是否都已经安排好，猜想威利会用什么巧妙的办法让他重获自由。最终他胡言乱语起来，要求见牧师。牧师急匆匆地赶来，用平静又坚定的语气向芬雷谈起信仰和勇气，又趁机把一张叠起的纸条塞进芬雷的手中。芬雷迅速地把纸条藏到毯子底下，等到牢房里只剩下他一人时，才展开纸条，看了起来。纸条上写着："最后一分钟进行逃亡。"芬雷读完后，就把纸条撕成碎片，吞下了肚。

离十一点还差五分钟时，狱警来到牢房，要押送芬雷去行刑室。牧师也来了，还趁着没人注意到的时候，对芬雷耳语道："你很快就会见到威利。"

在行刑室里，芬雷的表情依然平静，甚至当头套落下遮住他的脸庞之前，他的脸上还露出了微笑。

隔着一面单向玻璃，监狱长和牧师见到了行刑室内的场景。监狱长说道："牧师先生，我猜想警方已经把威利·帕克斯的事情告诉你了吧？根据你报告的线索，警方对这个威利进行调查，今天找到了这个人，结果他负隅顽抗，被警方击毙了。"

牧师说道："是的，我听说了，愿他的灵魂安息吧。"

"说起来也真奇怪，这个性格暴躁的芬雷怎么就平静地接受了行刑呢？你到底对他做了什么，牧师先生？"

牧师露出慈祥的神情，缓缓说出答案："我给予了他希望。"

（编译：无机客）

乐园五号

罗伯特·谢克里

〔美国〕

小辞典

罗伯特·谢克里（1928—2005），美国著名科幻作家，他的作品充满奇绝的想象力和张力。代表作有《浪漫服务公司》《幽灵五号》等。

微课堂

谢克里是个喜欢"作弄"读者的作家，他热衷于将他的主人公置于进退两难的境地，然后与读者一道看着他们令人捧腹的滑稽表现。谢克里这种与读者一致的立场，加上别具一格的情调和他擅长的抖包袱的手法，赋予了作品极强的可读性。

这几年，地球污染严重，地上竖着核发电站，海里漂着污染物。有钱人怕死啊，便都争先恐后地移民了，他们移到了宇宙中那些新发现的小行星上去。格利高尔和阿诺尔德是一对老朋友，他们瞅准了这个商机，大胆开设了"ＡＡＡ行星消毒公司"，专门为有钱人打扫新家。说是公司，其实也就他们两个人。

这天，公司里来了个胖胖的小男孩，他号称自己买了一颗小行星，要请格利高尔和阿诺尔德去打扫。见两人将信将疑，小胖子甩出了一张小行星所有权状，他说："这是我父亲送我的十岁生日礼物！"

格利高尔接过权状一看，这是真

的呀！因为正版的权状上布满了所有者的镭射头像，而且这些头像会随着所有者相貌的变化实时更新，眼前的镭射头像不正是这个小胖子吗？连他嘴里叼着的恐龙味棒棒糖都一模一样。

所谓顾客就是上帝，阿诺尔德赶紧换了一副嘴脸，说："愿意为您效劳！"

小胖子又说道："我把这个行星命名为'乐园五号'，但是我之前已经去过了，一点也不欢乐！那里有各种怪东西，你们去了就知道了！"

"我们就是专业处理怪东西的，请放心吧！"格利高尔在一边拍着胸脯说，"还有，我想请问，为什么它叫乐园五号啊？"

小胖子从容地说："这是因为我爸、我妈、我爸的情人、我妈的情人都各自有一个小行星，轮到我就变五号啦！"

格利高尔和阿诺尔德一听，眼睛都发光了！什么叫有钱，这就叫有钱！这单生意一定要好好做！在愉快的氛围中，双方很快签订了协议。

第二天，格利高尔乘上一艘老得掉牙的租赁飞船飞往乐园五号。着陆后，他先连线留在地球上的阿诺尔德，示意自己平安到达。接着，他带着手枪向这里的营地走去。每个小行星都有自带的营地，供有钱人的雇员生存。

格利高尔仔细检查了营地的每个房间，处处井井有条。他没发现任何异常。

黄昏降临，格利高尔把各种工具搬进屋内。他装上报警系统，把手枪别在腰间。

晚饭后，微风吹动树丛，簌簌作响，湖面上水波荡漾，没有比这更为幽静的夜晚了。格利高尔把脱下的衣服挂在椅背上，并关灯躺下。就在他快要睡着的时候，突然觉得房间里似乎有人，报警系统根本没有动静，但是他的每根神经都在示警。于是他从枕下摸出手枪，因为他看到在远处果然站立着一个物体！

借着星光，格利高尔看见那是一个奇怪的生物，它样子有点像人，却长了颗鳄鱼脑袋。它那粉红色的皮肤长满淡紫色的条纹，一只手还拿了个装满褐色液体的玻璃罐头。

"哈罗！"怪物招呼说。

"哈罗。"格利高尔机械地答道，此时他随时准备发射子弹，"你是谁？"

"我是贪吃鬼，什么东西我都吃。"说着，它把玻璃罐头伸到格利高尔面前，说，"巧克力沙司——食用小胖子的理想调料。我今天还不准备吃你，我只在明天，6月1日吃，这是规矩。"随着这句话，怪物隐身不见了。

格利高尔赶紧用颤抖的手指打开无线电，与阿诺尔德接上头后，把刚才的事一股脑儿讲给他听。

"噢……噢，"阿诺尔德喃喃地说，"但是科学从不承认有怪物存在。答案只有一个——就是幻觉。"说完，他很快查找了《外星物质目录》，找到了一种叫"伦格42"的气体，他又念出了声，"它来自于产生者最深的幼儿时期的阴影，闻到的人，便会重新坠入阴影里，甚至更觉恐怖。不过……"

"不过什么？"

阿诺尔德说："它只存在于十二岁以下儿童的体内。"

这让格利高尔非常迷茫，自己已经成年很久，此地也没有任何低于十二岁的儿童，哪里来的这种气体呢？

那头的阿诺尔德也想不明白。他赶紧找到小胖子，看看是否有遗漏的细节。

小胖子想了半天，突然涨红了脸，说："问题应该是出在我身上！"他回忆说，自己最近一次去乐园五号，放了好几个屁，所以……

阿诺尔德听了叹了口气："唉，有钱人的屁也威力强大啊！"知道了起因，他便开始寻找解决的办法。掌握了资料之后，他连线格利高尔，说，"你放心吧，你所看到的贪吃鬼是小胖子想象出来的，不会直接伤害你！如果你愿意，也可以用一句咒语直接干掉它！"

"什么咒语？"

阿诺尔德耸耸肩说："一句最能激励小胖子的话。因为这是他的梦魇，只有他知道！我也问过他，他说想不起来了！还有我后天便来接你回地球，我们可以多做些准备再来打扫！"

有了阿诺尔德的这句话，格利高尔也算放心了。

第二天晚上，贪吃鬼果然又来了："哈罗。"

"哈罗，老朋友。"格利高尔愉快地招呼说，"你可以滚了，我知道你只不过是个幻影，根本不能伤害我。"

"我倒不想伤害你，只是要吃你。"贪吃鬼说着，一步步走向格利高尔，它弯下身就啃了一口。

格利高尔痛得蹦了起来，他望望自己的手：上面是清清楚楚的牙印，鲜血涌现，这是真正的血，是他的血！这时格利高尔才想起，有次他见识过催眠术表演。催眠师用一支铅笔在受催眠者的手背上轻点,然后说,一支点着的香烟正触及他的手背。在催眠作用下,受催眠者真的感觉手背上出现了溃疡,和被烧伤的一模一样。这可不是闹着玩的!

格利高尔企图冲向门外,贪吃鬼一把抓住他,开始扯他的头颈。现在急需咒语!不过是哪句呢?

"妈妈,救命!"

"不对,"贪吃鬼说,"瞧你还能玩什么花样?"

"我给你钱!"

"还不对,你的把戏该收场……"

"其实我一点儿也不胖!"格利高尔刚说完,贪吃鬼就发出一声惨厉的叫声,它飞向天空并立即消失。格利高尔无力地躺在椅子上,他多么聪明,及时联想小胖子的情况,想到了这句最能激励小胖子的话。

第三天一早,阿诺尔德如约驾着飞船接走了格利高尔。飞船开出没多久,阿诺尔德突然看着格利高尔,说:"我觉得这里似乎有人!"

格利高尔满不在乎地说:"不就是我们吗?"但是他也觉得有点异样,"这不可能,再说我们已经起飞……"

这时两人听到了喑哑的唠叨声。"啊!"阿诺尔德嚷道,"我明白了。当飞船降落时,我们没有及时关上舱门,于是,那些气体也进来了,现在我们呼吸的仍然有'伦格42'!"这时,机舱里果然出现了一个高大的身影,它拿着书和教鞭,嘴里不停地念着什么。

格利高尔猛地冲上去把怪物关在了驾驶舱里。他喘着粗气说:

"现在好了,不过飞船会出问题吗?"

"自动驾驶仪能对付得了,"阿诺尔德安慰道,但是他很快又察觉到一缕轻烟正在门和墙壁之间的密封缝中渗透过来。想必是小胖子不爱学习,而又非常惧怕唠唠叨叨的老师,所以才形成了这个唠叨鬼。

这时,轻烟又慢慢形成灰色的唠叨鬼轮廓。两人慌忙退到下一个船舱并关住门。只是两分钟后他们又发现了轻烟。

"太荒唐啦!"格利高尔愤愤地说,"我们不能把空气过滤一下吗?"

"不行,控制按钮在驾驶舱里。"

很快,唠叨鬼重新在他们面前现形。阿诺尔德不由得骂出声来:"小胖子那该死的想象力!别浪费时间啦,现在该怎么办?"

之后,唠叨鬼并没有对两人进行实际的伤害,只是一直唠唠叨叨,快把他们的头都烦炸了。

阿诺尔德央求格利高尔道:"我的朋友,既然你猜对了小胖子的第一个咒语,那你也能猜对这一个的,快想想办法!"

格利高尔只觉两耳"嗡嗡"作响,他也想赶快摆脱这场噩梦。那么孩子们在面对唠叨时会怎么对付呢?突然,他有了主意,他念了一句:"我不理你,我要睡了!"便和阿诺尔德一起堵上耳朵,一副若无其事的模样。

只听"噗"的一声,唠叨鬼便消失了!

(改编:吴方)

全怪三明治

杰克·里奇

〔美国〕

小辞典

杰克·里奇（1922-1983），美国侦探小说作家。里奇一生只出版过一部长篇小说《虎岛》，同时创作了五百多部短篇小说。

微课堂

在英语世界中，只能偶尔在侦探小说选集中读到里奇的作品，但他的短篇小说在日本颇受欢迎，共出版过7种短篇集。分别在2005、2006、2014年三度入选当年度的"周刊文春推理小说Best10"榜单。

保罗是一家小公司的经理，工作繁忙。这天他带来了三明治，准备中午时边工作边吃。到了中午，他刚拿出装三明治的棕色纸袋，一名男子就闯进了办公室。

保罗定睛一看，原来是公司的员工钱德勒。钱德勒从兜里掏出一把手枪，将黑黢黢的枪口对准了保罗，说："几个月前我发现了你和我妻子通奸。我一直忍耐，就是为了今天送你下地狱！"

保罗企图辩解，但钱德勒在办公桌前的椅子上坐下，枪口始终对准保罗的脑袋。钱德勒发现了桌上的纸袋，拿了过去。"既然你过会儿就得死，吃不吃午餐也无所谓。这顿午餐就由我帮你代劳吧。"他掏出纸袋里的三明治,看了一下说,"原来是香肠三明治。我觉得三明治是人类最了不起的发明,方便易食。我们可以一边吃三明治,一边做其他事,比如读书、看电视,还有拿枪杀人。"

钱德勒咬下一口三明治,咀嚼后吞下肚,微笑地说道:"你和我妻子一直很小心,没怎么露出马脚,这点正好对我有好处。当然,我会布置好现场,让别人觉得你是自杀丧命。除了我是你手下的员工,我俩之间没有任何其他的关系。"

保罗插话道:"你妻子会知道,她会去报警。"

钱德勒冷笑道:"真的吗?我表示怀疑。女人也许会为情人做许多事……但前提是情人还活着。一旦情人不在人世了,就是另一码事啦。何况她顶多怀疑我谋杀了你,但没有确切的证据。她吃不准自己的怀疑是不是真的,这种不确定会阻止她报警。再说,她会十分理性地告诉自己,没必要暴露你和她之前的情事。"

"警方会调查每个人,他们会发现其他员工离开办公室后,你却留了下来。"此时的保罗嗓音里透着绝望。

钱德勒又吃了一口三明治,摇了摇头,说:"我可不这么认为,因为没人知道我在这儿。我先和其他员工一起离开办公室,再从后门悄悄溜进来。选择在午休时间杀了你,这真是个明智的点子。大家会在午休时间吃饭,会四处逛逛,也可能去购物。警察想要查明每个人午休时间在哪儿的话,会遇到很多困难。"

钱德勒再次把手伸进纸袋去掏三明治,继续说道:"过去的两星期里,我一直等待着动手的机会。今天早上,我注意到你拿着装午餐的纸袋来了公司,你是不是觉得自己今天会忙碌得没时间出去吃午饭?"

保罗舔了舔嘴唇,答道:"是的。"

钱德勒掀起三明治上层的面包片,瞥了眼里面夹着的两根香肠,说:"据说科学家发现,人在压力大的时刻常常会胃口大增。比如我眼下就感觉饿得要命。"他微笑着说,"你确信你不想来块三明治?毕竟,这些三明治原本是你的。"

保罗沉默不语。

钱德勒用餐巾纸擦了擦嘴唇,继续说道:"人类进化到眼下这个阶段,却仍然需要吃肉。不妨告诉你一个秘密,我一见到保持原貌的肉就会犯恶心,只有加工过的肉才吃得下去,比如香肠。我从来不敢碰牛排,想到自己在吃牛的尸体,我就会受不了。我也从来不吃稀奇古怪的肉食,真难以想象那些吃得下龟肉、狗肉、猴子肉的人!"

保罗的目光停留在三明治上,似乎在思考着什么。

钱德勒一边端详保罗,一边说:"你也许觉得我有点儿歇斯底里,竟然会在这种时候讨论自己的饮食习惯。我也不知道自己为什么没有立即开枪毙了你。是因为我享受这种时刻,喜欢看你怕死的模样,还是说我惧怕开枪杀人?但就算我惧怕杀人,也可以向你保证,我现在满脑子只想干掉你。"说完,钱德勒耸了耸肩。

保罗一边伸手去拿桌上的香烟盒,一边说:"你知道海伦此刻在哪里吗?"

"你想和她话别,还是想让她来劝我别干傻事?很抱歉,我安排不了你俩的见面,保罗先生。海伦两天前去了外地的妹妹家,要一星期后才回来。"

保罗点了根香烟,深吸一口,说:"我对死亡没有丝毫的遗憾。我甚至觉得,只有一死,我才会和这个世界无拖无欠。"

钱德勒侧着脑袋,听不明白这番话。

保罗继续说:"我爱过三个女人。海伦之前是碧翠丝,碧翠丝之前是多萝西。"

钱德勒突然笑着说:"你打算拖延时间?保罗先生,我早已经锁上外面那扇通向走廊的门。如果有谁在下午一点之前回来,他也进不来。如果那人坚持不走,一直敲门,我会立即开枪打死你,再从后门溜走。"

保罗凝视着手中的香烟,说:"我爱多萝西,我也确信她爱我。我以为我俩会结婚,也期待和她结婚。我准备好了婚事,结果到最后一刻,她竟然告诉我她不爱我,说她从头到尾都没爱过我。"

钱德勒有些莫明其妙,继续咬了口三明治。

"我拥有不了她,但其他人也不能拥有她。"保罗平静地说道,"于是,我杀死了她。"

钱德勒眨了眨眼,盯着他看:"你为什么要告诉我这些事?"

保罗这时狠狠地捻灭了手中的香烟,说:"现在说不说出来有什么不同呢?我杀死了她,但那样还不够解恨。你明白那种感受吗?我恨透了她,我用刀和钢锯处理了尸体,往装尸块的袋子里装上石头,扔进河里。"

钱德勒的脸立刻变得刷白,开始相信保罗的自白是真的。

保罗恶狠狠地盯住烟灰缸里的烟蒂,两眼仿佛会喷出怒火:"两年后,我认识了碧翠丝。她是个有夫之妇,可我俩还是好上了。在那六个月里,我一直以为她像我爱她一样爱我。但是,当我央求她与丈夫离婚,和我共度人生时……她竟然哈哈大笑,说我是个蠢蛋!"

钱德勒的额头开始冒出冷汗。

"这一次,用钢锯和刀子分尸还不够解恨。"保罗上身前倾,狰狞地说道,"我趁着夜色,提着装有尸块的袋子去了猪圈。在月光下,我看着那些被饿了两天的肥猪狼吞虎咽地撕咬尸块,吃完'哼哼'地叫,还想要吃。我看得痛快极了。"

钱德勒听得睁大了眼睛,仿佛受到莫大的刺激,持枪的手也不由得哆嗦起来。

保罗缓缓起身,拿起钱德勒留在桌上的三明治,掀起上面的面包片,然后笑着说:"钱德勒,你知道吗?肠衣买来时会装在圆容器里,五十英尺长的肠衣只要88美分,而一台灌肠机起码要35美元。做香肠时首先得让骨肉分离,再把肉切成大小适中的小块。瘦肉、肥肉和软骨缺一不可。钱德勒,你妻子不会抛弃你。她说只是和我玩玩而已。我爱她有多深,恨她就有多深!我恨不得让她粉身碎骨!我记起那些肥猪是多么爱吃……"

保罗望着钱德勒充满恐惧的眼睛,镇定地说道:"你知道海伦现在在哪儿吗?其实就近在咫尺啊!"说完,保罗把那块吃了一半的三明治递向钱德勒。

"啊!"钱德勒明白了自己吃下的香肠三明治是什么东西,感到前所未有的恶心,发出一声凄厉的惨叫。他丢下手枪,跪倒在地上,用手拼命地抠喉咙,最终精疲力竭,瘫倒在地上。

五天后,在精神病院里,保罗从隔离病房的小窗户望着疯疯癫癫的钱德勒,而他身旁站着的,赫然就是从外地探望妹妹回来的海伦。

海伦小声说道:"钱德勒应该什么都不知道啊。我真不明白,他怎么会突然在公司里发疯了呢?"

保罗叹气道:"说起来,这全怪三明治。"海伦听得一头雾水,她哪里想得到背后发生的离奇故事呢?

(编译:姚人杰)

致命的跟踪

爱德华·D·霍克

〔美国〕

小辞典

爱德华·D·霍克（1930-2008），美国著名短篇侦探小说大师，被誉为"当代短篇推理之王"。他发表了超过800篇侦探小说，代表作有《死人村》《长方形的房间》等。

微课堂

1920年-1940年被称为"推理小说黄金时代"，黄金时代的"三巨头"分别是"推理女王"阿加莎·克里斯蒂（代表作《无人生还》《阳光下的罪恶》）；"逻辑之王"埃勒里·奎因（代表作《希腊棺材之谜》《Y的悲剧》）；"密室之王"约翰·狄克森·卡尔（代表作《三口棺材》）。

雷·班克罗夫特住在纽约郊外的住宅区，他在纽约城里有着一份稳定的工作，和妻子琳达过着平淡而安宁的生活，但自从那个神秘的跟踪者出现，这种安宁就被打破了。

那是个星期二，雷刚下班回到家，他注意到有个陌生的男人在邻居门口徘徊。那个男人长得高高瘦瘦的，是个外国人，也许是英国人。第二次邂逅是星期五晚上在车站，他们只是偶然地擦身而过。雷想，这家伙可能刚搬到附近来，也许就在邻近社区的某栋新公寓里。

接下来的一周，雷开始注意到他无处不在的身影。

这个高个子外国人早晨八点零九

分和雷一起乘火车前往纽约,中午在饭馆吃饭时他们只隔着几张桌子。雷告诉自己这在纽约是常事,有时可能一周里你每天都碰上同一个人,毕竟人的生活圈子就这么大。

真正让雷对那个外国人产生警惕是因为周末发生的事。那天,雷和妻子驱车到郊外野餐,突然,他觉察到那个外国人正在跟踪他们。在这个离家五十英里的地方,这个高个子陌生人沿着平缓的丘陵慢慢地踱着步,不时地东游西逛,似乎在欣赏着山里迷人的风光。

雷有点生气,他问妻子是否见过那个家伙,自己几乎走到哪里都能见到他,可戴着浅色太阳镜的琳达却摇摇头:"我不记得以前见过他。"

"唉,他肯定是住在我们附近。我想知道的是他到底在这里干什么?你认为他有可能是在跟踪我吗?"

琳达笑了起来:"雷,别说傻话了,别人为什么要跟踪你?跟踪你来野餐?"

"我不知道,但他总是如影随形地跟在我屁股后面,这未免有点蹊跷。"

确实有点蹊跷。

夏天过去了,九月来临,事情还是怪怪的。有时一周一次,有时两次,甚至三次,这个神秘的外国人频频出现,总是踱着步,总是公然出现在雷周围。

一天夜里,在雷回家的路上,那个男人突然又出现了。

雷大步上前追上那个男人,直截了当地问道:"你在跟踪我吗?"

那个外国人困惑地皱皱眉:"请你再说一遍!"

"你在跟踪我吗?"雷重复了一遍,"我在哪里都能见到你。"

"是吗?我亲爱的朋友,你一定搞错了。"

"我没搞错,不许再跟踪我!"

但那个外国人只是不解地摇摇头,便走开了,雷站在原地,看着他消失在视野之外。

这次警告并未使事情好转,接下来的日子里,雷反而越来越频繁地"偶遇"那个外国人。

"琳达,我今天又见到他了!"一天,快忍无可忍的雷对妻子说,"那个该死的外国人!今天我在我们这栋楼的电梯里又碰到他了。"

"你能肯定是同一个人吗?"琳达问。

"当然肯定!他无处不在,我告诉你!我现在每天都能见到他,在大街上,在火车里,在餐馆里,现在甚至在电梯里!这简直要把我逼疯了,我敢肯定他是在跟踪我,但为什么呢?"

"你跟他说过话吗?"

"我跟他说过了,诅咒了他,威胁了他,但这不起丝毫作用。他只是露出困惑的表情,然后就走开了,接着第二天又见到了他。"

琳达想了想,建议丈夫给警察局打个电话,也许警察会有办法阻止这件荒唐事,但雷觉得这没用,因为那个男人只是如影随形地出现在他周围,却没有采取什么实质性的行动。

"那……你准备怎么处理这事?"听了丈夫的话,琳达若有所思地问道。

"怎么处理?我告诉你吧,下次再看到他时我会揪住他,暴打一顿,逼他交代跟踪我的目的!"雷气急败坏地说。

致命的跟踪·123

第二天晚上,那个高个子外国人又出现了,他正在雷前面的火车站站台上走着。雷朝他跑去,但那个外国人很快消失在人群里。

也许整个事情只是巧合而已,然而那天夜里雷的烟抽完了,他离开家门朝拐角处的杂货店走去,突然他预感到那个高个子外国人会在路上等着他。当他走近闪烁着的霓虹灯下时,他真的看到了那个男人,他正从铁轨那边慢慢地朝街道这边走过来。

雷想,这事真的该结束了,他大喝一声:"站住!"

那个外国人停下来,很不高兴地看了他片刻,然后转身从雷身边走开了。

"等会儿,就是你!这事我们得现在解决,一了百了!"但那个外国人依然向前走着。雷一边骂骂咧咧,一边开始追起来。他大吼着"回来",但那个外国人几乎跑起来了,这时他们周围已没有了灯光,漆黑一片。雷飞奔起来,跟在那人后面跑进了沿着铁路并行的那条狭窄的街道。

"混蛋,回来!我有话跟你说!"但那个外国人也跑起来了,越来越快。最后雷停了下来,累得上气不接下气,前面的那个外国人也停了下来。

突然,那人抬起手做了个手势,雷能够清楚地看到他手表上闪闪的荧光,雷知道他是在招呼自己跟上去……雷猛地又跑起来。

那个外国人只等了一会儿,接着也跑起来,他身旁便是铁路护墙,几英寸宽的护墙把他与下面二十英尺深的铁路分隔开来。

远处,雷听到斯坦福德方向开来的火车,低沉的呼啸声划破沉寂的夜空。前方,那个外国人绕过一堵砖墙,转过墙角,转瞬间就不见了。

　　此时雷几乎就要赶上那人了,他来不及多想便随着那人转过墙角,看到那个外国人正在那儿等着他,但此时已经太晚了。那男人的一双大手向他扑来,刹那间雷就被推得向后跌去,翻过铁路护墙,一双手在空中徒劳地挥舞着。当他撞到铁轨上时,他看到斯坦福德开来的快车几乎就在眼前,天地之间只有恐怖的隆隆声……

　　几个月后,在火车站站台上,透过火车缭绕的蓝色烟雾,那个高个子外国男人一边瞥着身段迷人的琳达——现在她是雷的遗孀,一边说:"一开始我就说过,亲爱的,一次高明的凶杀其实就是一场游戏……"

(推荐:古苹)

布丁里的银纽扣

哈尼·鲁宾

〔美国〕

不动声色的爱

艾琳是纽约一家跨国公司的部门主管,婚后仅两年,她对自己的婚姻渐渐产生了厌倦。

二十三岁那年,艾琳是怀着一种复杂的感恩的心情嫁给瑞恩的。艾琳家里穷,母亲很早去世,父亲又患上癌症,治疗费用昂贵,幸亏父亲有个好友,他派自己的儿子瑞恩带着一笔钱来到了艾琳的身边,悉心照顾病重的老人。

老人去世后,两人回到瑞恩的家乡,举行了盛大的结婚仪式。在那里,艾琳第一次品尝到了乡下风味鲜美的布丁,在布丁里,她吃到了一颗小小的银

微课堂

在阿加莎·克里斯蒂的推理名作《哪个圣诞布丁》一书中,提到过西方的这种风俗:在布丁混和物中放入几枚小银币是常见做法,硬币被认为可以在来年带来好运。

其他会包入布丁中的东西还有小许愿骨(美梦成真)、银色顶针(预示节俭)、锚(象征避风港)、纽扣(意味着单身)、戒指等。

纽扣。这时，瑞恩走过来微笑着说："亲爱的，祝福你！这是我们老家的习俗，谁吃到藏有银纽扣的布丁，就一定会有好运气的，吃到的越多，好运就越多。"往后的日子，布丁成了餐桌上的必备品，每次，艾琳总能幸运地吃到一颗银纽扣。

婚后，艾琳参加了纽约一家大公司的招聘，她凭着出众的才华和高雅的气质，在高手云集的竞争中脱颖而出。短短两年，艾琳就被提拔为部门主管。随着应酬和交际的增多，艾琳有时几天不回家，瑞恩毫无怨言，他十分支持艾琳的事业。

在艾琳周围聚集着商界的精英和社会名流，不知不觉中她萌生了一种更高的向往和奢求，渐渐对自己的婚姻产生了一种强烈的厌倦感。

这时，一个叫罗森的男人闯进了艾琳的生活。罗森是一家律师事务所的经理，年轻英俊。一次，公司聘请罗森解决一件经济纠纷，艾琳作为公司委派的全权代表，两人就开始了一段愉快紧张的合作。第一眼看到罗森，艾琳内心就泛起阵阵涟漪，自己少女时代心中的"白马王子"，不正是像罗森这样的青年才俊吗？在接触中，两人的好感进一步加深。

合作结束这天，罗森凝视着风姿绰约的艾琳，无奈地耸耸肩，恋恋不舍地说："艾琳，和你在一起，我真的感觉不到时间在流走。"

一周后，罗森请艾琳去新开张的歌吧听歌，艾琳犹豫了一下，说："对不起，罗森先生，瑞恩正在家里等我回去，我和他今天约好的，下次可以吗？"

罗森直截了当地问："我能知道你们今晚的主题吗？"艾琳想

了想，说："布丁！"罗森一怔，问："布丁？它是你们活动的代号？"艾琳笑着说："傻瓜！布丁是瑞恩家乡的风味小吃，味道美极了，瑞恩可是个行家呢！"接着，艾琳就向罗森详细地叙述起关于银纽扣的故事，谁料罗森听完故事，一把拉住艾琳的手，自信地说："艾琳，请你给我时间和机会，我会比他做得更好！"

不久，艾琳的公司宣布即将在亚洲建立分公司的决定，罗森于是建议艾琳："如果你被派往亚洲，你就可以借长期分居的理由提出离婚，到那时，瑞恩就没有什么可纠缠的了。"陷入爱情漩涡里的人，往往是盲目的，艾琳经不住罗森的劝说，她决定离婚。

艾琳经过积极争取，顺利地被批准前往亚洲考察。临行前，艾琳无理取闹地和瑞恩吵了一场，瑞恩第一次遇到艾琳发这么大的脾气，可瑞恩只是一个劲地赔笑说："亲爱的，你要保持一个好心情，你肩上的任务太重要了。"艾琳没好气地吼道："我知道！你配不上提醒我！"

你是我的爱人

一个月后，艾琳考察结束，当返程的班机降落在纽约机场时，艾琳没有见到瑞恩的身影，她心里有点失落，但马上又宽慰起来：瑞恩准是察觉到自己的变心，这样也好，省得摊牌时双方尴尬。忽然，她看见罗森手捧鲜花，站在出口等她。那天正好是平安夜，艾琳就坐上罗森的车去了他家。罗森很会收拾，家里营造出一种浪漫温馨的气氛，艾琳深深地陶醉了，她决定明天就回家和瑞恩正式摊牌。

晚饭时，罗森端出一盘刚刚做好的布丁，小巧的金黄色的布丁散发出草莓的清香，上面还撒了些紫褐色的冰提子干。艾琳一见这么精美的布丁，惊喜万分：自己的判断果然没错，罗森是深深爱着她的！罗森殷勤地为艾琳斟满酒，一边陪她品尝着布丁，一边说："亲爱的，你离开的这些日子，有个男人来找我，他很耐心地教我做这种最精美的布丁。"艾琳心里一惊，佯装漫不经心地问："他还教了什么？"罗森笑着说："一个小秘密，一个小发明。亲爱的，你看——在藏有银纽扣的那个布丁上，嵌着一颗松子，当面粉受热膨胀时，松子就会脱落，布丁的表面就会留下一个微小的凹坑，像颗不易察觉的小水滴。"

艾琳依次拿起几个，果然很容易就找到了那个藏有银纽扣的布丁，她马上就想到以前，自己总是经常吃到银纽扣的缘故，想到这里，艾琳的眼睛隐隐有些湿润了，罗森继续说："他还告诉我，他以前一直这么做，希望把所有的好运都带给妻子，后来他发现妻子移情他人，他首先想到的就是把这个秘密教给他的情敌，希望他能和自己一样来延续那份不动声色的爱。"

艾琳哭了，她终于明白了这颗银纽扣其实就是爱，是自己一直在尽情享有的爱，也是自己一直毫无察觉的爱。

罗森凝神看着艾琳，蓦地，他一口喝尽杯里的酒，十分伤感地说："他是条汉子，一个真正的男人，他身上的东西深深震撼了我，我向上帝祈祷，请求宽恕我对他的伤害！"说到这里，罗森拿起电话，果断地递给艾琳说，"平心而论，我是在很多方面比瑞恩出色，但在爱这点上，我远不会超过他！"

艾琳接过电话，百感交集，她颤抖着手拨通了那串再熟悉不过的号码。

电话接通了，艾琳哽咽着说不出话来，过了一会儿，电话那头传来瑞恩温和的声音："嗨，如果一切都已经过去的话，那么我欢迎你回来……"

（改编：傅辕）

爱情巧克力

若竹七海

〔日本〕

小辞典

若竹七海（1963- ），本名小山瞳，是日本著名推理小说作家。擅长以"日常之谜"为题材创作推理小说，代表作有《我的日常推理》《封闭的夏天》等。

微课堂

日常推理（日常の謎），为日本推理小说特有派别。以平日生活中的解谜为主，多为短篇，与描写杀人、绑架等犯罪事件的传统推理小说不同。一些日常推理同时有轻小说特征，又可称为"轻推理"。代表作品有米泽穗信《冰菓》系列，樱庭一树《GOSICK》等。

美奈子是一个自由撰稿人。情人节快到了，她答应为一家报纸写一篇节日特稿，可眼看就快截稿了，美奈子还是没有一点灵感。她想出门逛街散散心，不知不觉来到了一家巧克力专卖店。店里人来人往，许多年轻女孩都在挑选情人节那天送人的巧克力。

美奈子心不在焉地闲逛着，不经意间，一个漂亮女人吸引了她的注意力。这个女人衣着优雅，拎包和皮鞋都非常有品位。她买了一大块板状巧克力，结账时对店员说不用包装了。美奈子有点奇怪，现在这个时候买巧克力，通常都是作为礼物送人的，为什么不要包装呢？

美奈子又在店里逛了一圈，这时，她看到刚才那个女人站在角落里，拆开了巧克力的外盒，呆呆地看着用银箔纸包住的巧克力。女人看了一会儿，就把巧克力放回盒子里，把胶带重新贴好，然后放回了货架上。

美奈子的好奇心被激发了，她悄悄在一旁观察着女人。只见女人又买了一块其他牌子的巧克力，同样没有让店员包装。拿到巧克力后，她走到商店一角，打开外盒。这一回，女人似乎很满意，她用力地点点头，小心翼翼地剥开巧克力外的金箔纸，掰了一块吃起来，然后把吃剩下的大半块巧克力放进了包里。

女人吃完巧克力后，动也不动地站立着。因为她背对着美奈子，所以美奈子也不知道她在干什么。过了一会儿，女人才戴上手套，拎着包包往前走。

就在这时候，店里突然停电了，大家都吓得惊慌失措，幸好不到十秒钟电就来了。美奈子看到，女人包包里的东西全都散落在了地上，巧克力、粉扑盒、口红、备用丝袜、钱包、面巾纸……散落了一地。美奈子忙上前帮女人捡，女人连连道谢。

美奈子捡起那块巧克力，有些好奇地盯着看，女人见了，微笑着说："喜欢的话，这个送你吧，我刚买的，只掰了一块尝了尝味道。"说完，女人转身走了。

美奈子也不客气，当真拿着巧克力吃起来。只吃了一口，她就惊呆了——这巧克力的味道实在太好了！女人先前买了没吃的那种巧克力，美奈子吃过，那味道可就差多了。美奈子暗想：这事可真玄乎，难道那女人有超能力，光靠触摸就能辨别出巧克力的好坏？

美奈子一边吃巧克力，一边在店里四处溜达，刚好看到那女人走在前面，因为好奇，就跟着她走了出去。女人一路往前，走到警察局前面。警察局门口有一个站岗的警察，女人对着这个警察举起了左手，然后挥了挥。令美奈子吃惊的是，警察突然跳了起来，就跟兔子一样。

难道那女人对警察施了什么魔法吗？这时，女人转身往回走，她一边戴上手套，一边笑盈盈地走着，好像怎么样都无法忍住笑意。美奈子一直盯着女人看，等再把视线转向警察时，他已经恢复直立不动的模样了，就像魔法瞬间被解除了。

美奈子直到回家，还在想着这件事，可是想破了脑袋也无法得出一个合理的解释。

第二天晚上，美奈子和男友佐竹约会时，说了这件事。美奈子说："难道那女人真的有超能力？她摸过后发现巧克力不好吃，所以又放回了货架。施魔法让警察跳舞，也许是她小小的恶作剧……"

佐竹是个私家侦探，他听完后想了一会儿，说："其实不用超能力，只用日常生活中的推理，也能解释这件事呢。"

美奈子一下子来了兴趣："你说说看啊！"

佐竹笑道："我只是猜测啊，某个地方有个男人，男人喜欢上了一个女人，烦恼不已，很想让女人知道自己的心意。这天，他终于下定决心，送给女人一个礼物。男人送的是戒指，他对女人说，如果你愿意跟我交往，就戴上这枚戒指来找我，如果不愿意，就把戒指丢了吧。男人说完,把装着戒指的首饰盒塞给女人,转身跑开了。"

佐竹说,其实,女人也早已喜欢上了男人,所以打开首饰盒,想马上戴上戒指去给男人看。但是女人发现了一个大问题:男人不知道女人的戒指尺寸,结果买来的戒指太小,女人的手指较粗,戴不进去。

改动戒指的尺寸,起码要花一个礼拜,首饰盒的包装纸又已经拆了,女人不知道是在哪家店买的,不能拿去换,而女人很想马上把自己的心意告诉男人。如果对男人说尺寸不合适,戴不上去,那样男人会因为自己太粗心而内疚,也破坏了浪漫时刻的氛围。这时候,女人灵光乍现,想到了一个好办法。

因为男人在执勤中,不能靠近她,所以她只要在远处挥手给男人看,就可以传达心意了。这样的话,不一定非要戴戒指不可,只要把金色、细细的、看起来像戒指的东西,戴在手上挥一挥就行了。女人想到了巧克力的金箔包装纸……

佐竹说到这里,美奈子有点明白了:"这么说,她买的第一块巧克力……"

"第一块巧克力的包装纸是银箔纸,不是她要的金箔纸,所以她又把巧克力放回了货架。幸好第二块巧克力包着金箔纸,她只撕下需要的大小,折得细细长长,卷在手指上,再戴上手套,去找那个男人,因为太兴奋,还不小心打翻了包。接下来发生的事,你应该知道了吧?"

美奈子兴奋地说:"男人就是那个警察,女人挥左手给男人看,是'我戴上了戒指'的信号,所以警察高兴得跳了起来。"

佐竹说:"是啊,警察也是人,看到这样的信号,难免会高兴得跳起来。"

美奈子听到这里,突然站起身来就走,佐竹问她怎么了,美奈子兴奋地说:"你的推理真不错!现在我要赶回去写情人节特稿了,我终于知道该写什么了……"

(改编:小何)

假女友

乙一

〔日本〕

森野是东京一所高中的学生。这天放学后，同学们和往常一样，在教室里起劲地闲聊着。森野心里却暗暗着急，再不赶紧回家，就赶不上看今天播出的动画片第一集了。于是他站起来，对大家说："我先回去了。"

同学们纷纷挽留，有人说："森野，你怎么这么扫兴啊？"

森野本想说出原因，可不知是觉得高中生还看动画太丢脸，还是怕朋友们嘲笑，最后他说出口的竟然是："因为我……我约了女朋友。"

男生们顿时沸腾起来，都问森野怎么回事。森野只好随口编造起来，说："嗯，她、她叫安藤夏，是其他学校的

小辞典

乙一（1978- ），原名安达宽高，日本著名作家，作品风格可分为以残酷为基调的"黑乙一"和以温情为基调的"白乙一"。代表作有《夏天、烟火、我的尸体》《GOTH断掌事件》等。

微课堂

笔名"乙一"的由来：这是根据他使用的工程用计算机名字"Z-1"（卡西欧的16位元口袋型电子辞典"FX890P/Z1"）所取的。

乙一的妻子押井友绘，是著名电影导演押井守（代表作《攻壳机动队》）的女儿。

学生。"森野告诉大家，自己和安藤夏是在电车上认识的。当时她冲上一辆车门快要闭合的电车，结果校服裙被车门夹住了。森野正好站在旁边，看不过去，于是用脚踹车门，硬是把门给踹开了。森野因此被车长怒骂了一顿。事后女孩请森野吃东西，两人就这样认识了……

同学们听了都很羡慕，纷纷给森野打气："真有你的啊，小子！""快走吧，好好加油啊！"

森野松了口气，赶紧离开教室。出了校门，他毫不犹豫地直奔回家，刚好赶上心爱的动画片的开头。

自从这天以后，就经常有人问森野："你女朋友最近怎么样啊？"

森野很后悔，早知道当初就不撒这个谎了，可是现在已经无法回头了。有时候，森野在大家面前假装和安藤夏聊电话，有时候还要对大家复述安藤夏说过的有趣的话。日复一日，关于安藤夏的细节设定渐渐多了起来，森野把这些都记入了笔记本。森野告诉大家，安藤夏喜欢弹吉他，她很善良，见到迷路哭泣的小孩，她会主动上前陪伴小孩寻找母亲。她爱吃的东西是甜甜圈和豆沙包……渐渐地，森野构建出了一个不存在的少女。

同学们一点也没怀疑森野在说谎，森野却越来越害怕：要是谎话被揭穿，自己可就死无葬身之地了，到时可能还会成为众人欺负的对象呢。在不安中，他小心翼翼地过着每一天，没想到，这一切还是被同班同学池田给发现了。

池田特别容易出汗，同学们背地里给他安上了"鼻涕虫"的绰号。班上的女同学都不愿意接近他，但男同学却对他刮目相看，因为，他竟然有个大学生女朋友。这天，森野在楼梯口遇到池田，池田突然问他："那个，你撒谎了吧？其实根本没有安藤夏这号人物。"

森野吓了一大跳，脱口而出："竟然发现了我的秘密！你去死吧！"森野扑过去，和池田扭打在一起。纠缠了好一会儿，池田气喘吁吁地抓住森野的手，说："等、等一下，我不会告诉任何人的，我也和你一样，所以才会发现。我的小舞也是假女友！"

森野一下子呆住了。

池田的大学生女朋友名叫忍羽舞，他总称对方"小舞"。传闻中的忍羽舞非常时尚，她打网球很厉害，还会在高级餐厅教池田如何正确使用餐具……真没想到池田的恋人竟然也是虚构的。

池田对森野说："最初只是一个小小的谎言，但为了圆谎，就不得不继续编造新的谎言。谎话像雪球一样越滚越大，现在已经不可能说出真相了……"森野点点头，池田真是说出了自己的心声啊！

从此以后，森野就与池田合作，互相为对方的谎言做掩护。他们对同学说，自己在街上偶遇对方与女友在一起；当池田在大家面前说"小舞应该快给我来电话了吧"的时候，森野会悄悄用手机拨打他的号码。

两人还互相批评对方描述假女友的不足之处。池田对森野说："你根本没弹过吉他吧？安藤夏弹吉他的细节描述得太假了。"

森野则反唇相讥："你还不是一样，完全没有打过网球吧？小舞打网球的情景，一点都不逼真。"

于是，森野买了一把吉他狂练。练习的时候，他的心情特别宁静，似乎真的和女友在一起。有一次，森野学了一首新曲子，弹奏时，他心中突然冒出一个声音,那是安藤夏在说话:"经常在车站前面见到一些弹唱艺人,我也想试一下。"

森野回答说:"在那么多人的地方唱歌,不会感到害臊吗?"

安藤夏说:"当然会害羞啦,但还是想唱呀!"

这就是安藤夏的梦想吧:胆小的自己有一天也能在大庭广众之下洒脱地弹唱。森野想,应该把这条设定也记到笔记本上,可是最终他没有记录。因为他不知道,这到底是安藤夏的梦想,还是自己内心深处的梦想。

而池田也正在努力地学习网球。他的"女朋友"忍羽舞从少女时代便练习网球,在学校是很出名的网球高手。为了理解她的感受,池田练球练得手都长茧了。

日子就这样过去,可是这天,池田的谎话还是被同学们揭穿了。

池田把关于忍羽舞的所有细节都记在一本笔记上。不料这天午休时,同学们在教室里打闹,一个男生不小心把池田的桌子给踢翻了,于是那本笔记就这样从抽屉中掉了出来。那个男生拿起笔记,不理会池田的阻止就擅自翻阅起来……

忍羽舞根本不存在,这个消息很快就传遍了整个班级。池田的笔记本被全班同学翻过,经过复印后又在其他班级流传。笔记本被大伙胡乱加上了各种不堪入目的低俗细节。池田则成了大家鄙视的对象。

森野很害怕,他开始避免在班上和池田说话。他对同学们辩解自己在街上遇到忍羽舞的那个谎话:"其实是池田拜托我,让我这么说的。他有一份试题集,如果我不这么说,他就不借给我……"

同学们都相信了,但森野还是很不安,因为池田可能也会把他的秘密暴露给全班同学知道呀!

这天,森野又在家里练习吉他,弹着弹着,他似乎又听到安藤夏的声音:"最近我觉得吉他弹得越来越好了。对了……那个经常和你在一起的朋友,是叫池田吗?"

森野一边弹奏,一边轻轻"嗯"了一声。安藤夏温柔地说:"你俩吵架了吧?看样子就知道了。他不是你最好的朋友吗?请你们快点和好哟。"

森野顿时觉得一股暖流涌上心头。难以置信,这个虚构的少女不知何时在森野心中已经像一个有血有肉的人一样了。他忍不住饮泣起来,对安藤夏说道:"对不起,请原谅我。你是个不存在的人,我和池田只是希望能和别人一样,有个女朋友而已,但这是不可能的。跟真实的女生说话时,我连她的脸都不敢正视,想说的话总说不出口,一张嘴说出的尽是一些乱七八糟的……我都要丢脸死了。我这一辈子都交不到女朋友了,所以我才创造了你。"

安藤夏最初只是呆呆地听着,随后,她用充满慈爱的表情看着森野,说:"你已经很努力了。"

森野低下头放声大哭了起来。

第二天放学时,森野正准备回家,教室里突然出现了骚动。森野走近一看,骚动的源头是池田。原来他正要离开教室时,不小心与班上最受欢迎的女生撞上了。他不仅把对方的书包给撞掉了,在相撞时,两人还有了身体接触。那女生满脸厌恶,和几个朋友七嘴八舌地攻击池田:"好恶心啊你,别再来学校了!""你不是有妄想症的吗？变态家里蹲！"面对大家的怒骂，池田一脸委屈，但他什么都没说。

森野不知哪来的勇气，对那几个女生喊道："吵死人了！"班上所有的喧哗顿时消失了，同学们齐刷刷地向森野望过来。森野淡定地说了一句："池田，我们走吧。"他就在全班同学的注视下，与池田一同出了教室。

来到街上，池田问森野："这样做没关系吗？明天你也许会和我遭到同样的待遇呀！你放心吧，我不会暴露你和安藤夏的事，你如果是因为担心这个……"森野摇摇头，打断了池田的话："我被安藤夏骂了，她叫我与你和好。对不起，你女朋友的事情……我完全帮不上忙。"

池田叹了口气，说："她已经不在了，消失了。我把那本笔记烧掉了……其实，当时我还把烧掉的灰都收集回来，撒到海里去了。很蠢吧？"说完，池田终于按捺不住，抽抽噎噎地哭了出来。

从此，森野与池田一直维持着好朋友的关系。

谁也没想到，在池田哭的那天过后不久，他就交到了真正的女朋友。事情发生在某一天，池田从网球场旁边经过，被同班同学给叫住了。那个人是网球社团的，曾在市大赛中获奖。他经常作弄池田，那一天唤住池田，强迫他陪打，也是想借机侮辱池田。不过他没料到，池田竟然把他的发球打了回去。

网球场旁开始聚集起观众，偶然经过那里的同学都对两人的比赛看入了迷。大家开始轻声议论起来："那个人是谁？""他叫池田，我们班的，绰号是鼻涕虫。""很厉害嘛，球都打回去了。"

最终，池田以微弱劣势输给了对方。不过没人嘲笑他，比赛结束时，球场外响起了热烈的掌声。那一天偶然看到池田比赛的一个女生，在不久之后就和他交往了起来。

森野听说了这场比赛。几天后的晚上，他背着吉他外出了。他来到人来人往的车站前，调动琴弦。安藤夏不知何时又来到了他身边，说："你要加油哦，我会在旁边支持你的。"

森野弹起吉他，和着音乐开始唱歌。这首歌的词曲都是他自己写的，写的是每个人都经历过的青春期的苦闷回忆。唱着唱着，森野忘记了羞涩，放声歌唱，一曲终了，观众们纷纷鼓掌喝彩。森野似乎见到安藤夏一脸满足地对自己点了点头。当他开始弹奏第二首歌的时候，安藤夏悄悄地从观众当中消失了。

从此以后，安藤夏再也没有出现，但森野知道，自己一辈子都不会忘记她。在那充满苦闷和自卑的青春时期，是她陪伴自己给予鼓励，那情景森野将永记在心……

（推荐：古石）

绝妙的晚餐

星新一

〔日本〕

小辞典

星新一（1926—1997），本名星亲一，是日本科幻小说家。星新一被称为"微型小说之神"。代表作有《喂，出来》等。

微课堂

在日本，星新一与小松左京（《日本沉没》《首都消失》）、筒井康隆（《穿越时空的少女》）一起，并称为日本科幻小说"御三家"（御三家：日文"三巨头"之意）。

  这是一对再婚的夫妻。妻子的前夫过世后，给她留下了丰厚的保险金和郊外的一栋房子，她和现任的丈夫就住在这栋房子里。

  这天晚上，妻子正在做晚餐。她煎好牛排，又从橱柜角落里取出一个小瓶子，轻轻将瓶中的白色粉末撒在一块牛排上。这是毒药，会把丈夫送上长眠之路。这样，她就能得到丈夫高额的生命保险金，使得自己的资产越来越多。

  此时，在餐厅里，丈夫正拿着一瓶白兰地，轻轻起开瓶塞，然后从裤兜里掏出一个小纸包，把里面的白色粉末倒进酒瓶。这是毒药，将把妻子送上长眠之路。这样，他就能得到妻子丰厚的财产，供他玩乐挥霍。

一会儿工夫，餐桌上已经摆放好了美酒佳肴。对于夫妻二人来说，那充满期待的时刻即将来临，片刻之后，就能把倒下的对方塞进汽车后备厢，运到稍远一些的池沼，缚上重物沉到水底。

就在这时，玄关处响起了门铃声。两个人不由得皱起了眉头。丈夫去了玄关，一会儿就回来了，说道："邮递员送来一个小包裹，是客户寄的，估计是什么推销的样品，回头再拆封吧，我们还是先享受美食。"

两个人再次相对坐在餐桌前。

这时，丈夫说道："我们今后的生活一定会更美好。因为今天炒了那个晦气的司机，从现在开始，好运会一个接一个地到来。"当天早些时候，他们解雇了那个住在家里的司机，因为发现他居然要偷抽屉里的钱。

妻子点了点头，说："感觉那个人很阴沉，他的爱好就是一个人在那儿摆弄什么机械。""算了，反正已经炒掉了。"两个人说着又相视而笑。

就在这时，玄关处又响起了门铃声。这已经是第二次有人打搅了，两个人虽然觉得很奇怪但还是打开了门，他们希望早些安心地享用晚餐。

这次，门外站着一个男人，胡子拉碴，衣衫不整，手里拿着一把枪。男人低声说道："我是刚刚越狱的逃犯。不过，只要你们老老实实地在沙发上坐着，我不会伤害你们。"

夫妻二人不得不听从他的命令，并排坐在沙发上，突然他们又被越狱犯下面的话惊得差点跳起来:"哦,好香的牛排,正好肚子饿了,我就不客气了。啊,这儿还有酒!"越狱犯盯着餐桌,嘴里发出口水上涌的声响。

此时,丈夫的大脑渐渐恢复了思考,他开口说道:"万一有人来了怎么办?看见一个不认识的怪人,觉得奇怪向警察报案就糟了。所以你先把胡子刮刮,换套衣服怎么样?那样的话,即使有人来了,我们说是朋友就没事了,然后你再坐下来安心吃饭。"

一旁的妻子听了丈夫的话,松了一口气,接着说道:"请一定拾掇得整洁些。我丈夫的衣服,您穿一定合身。"

丈夫和越狱犯的体形有明显的差别,越狱犯穿丈夫的衣服根本不会合身,这句话引起了越狱犯的怀疑。

"你们说得也对。可是我想不明白,一个越狱犯突然跑到你们家来,对你们来说这一定是个麻烦,可你们偏偏对我这么好,这是为什么?"

"我们是不希望这个家庭被破坏呀!你想要什么,我们都给你。如果有需要我们做的事情,我们也会帮忙,只是请你不要胡来。"妻子嘴上不停地说着,内心却想着:只要自己不死,只要越狱犯别误吃了给丈夫的牛排而弄得一切败露,其他的都好办。

丈夫在一旁也不停地点头。

越狱犯多少有些认可了他们的说法:"好,我也不打算胡来。但你们要是轻举妄动,我绝不会饶了你们!"

"我们当然明白。那么,就请您刮胡子吧。那个,剃须刀在墙角的台子上。别客气,您尽管用吧。"妻子竭尽娇柔地说道。只要越狱犯不吃牛排，她愿意提供任何服务。

"好，你们可不要乱动。"越狱犯没有放下手枪，他用左手拿起了剃须刀。等刮完胡子，他开始换衣服。他两只手轮换着拿手枪，警惕地套着袖子，夫妻二人根本没有逃跑的机会。

"这回该吃饭了。"越狱犯把手枪放在了餐桌上，那个位置可以让他随时拿起枪。已经再也没有什么招数了，夫妻二人闭上了眼睛，等待着男人呻吟和倒地的声音。

此时，门铃声再次响了起来。夫妻二人顿时松了一口气，而越狱犯却紧张起来。他对妻子说道："你去把人赶走，绝对不能放进来！"

妻子打开锁，推开门。进来的是三个男人，不像是警察。妻子问道："你们是谁，是不是走错了？我们正在招待朋友呢。"三个男人不说话，纷纷亮出了手枪。

"没有走错，我们早就盯上这家啦。有点偏远的独门独户，似乎很有钱，没想到今天还来了个客人。这也无所谓。"讲话沉稳的男人好像是个头儿，"喂，你们俩，把他们三个绑起来。"同伙听从他的命令，拿出准备好的绳子，开始绑人。

夫妻二人老老实实地顺从了，越狱犯却反抗道："等、等一下，不要绑我！我其实是刚刚越狱出来的，你们要是把我绑上不管了，我就会被抓回去的。"

盗贼头目挖苦道："适可而止吧，没工夫听你的天方夜谭。你不是这家招待的朋友吗？而且，你胡子也不长，衣服也很整洁，说自己是越狱犯可没人相信。"说着他又命令同伙，"喂，把这家伙的嘴堵上！"同伙过来用毛巾把越狱犯的嘴堵上。

这会儿，盗贼头目又看向了夫妻二人，开口道："说，钱放哪儿了？"

丈夫立刻识相地回答："现金放在隔壁房间的抽屉里。请拿到后，尽快离开这里。"妻子也随之说道："梳妆台上的盒子里有我的一些首饰，请随便拿。拿了东西，请你们快点离开。"

"嗯，你们倒是挺配合，那我们就不客气了。不过你们的表现有点儿可疑，一定是还有什么好东西，我们慢慢找找看吧。对于盗贼来说，没有比寻找财宝更让人期待的事情了。"

正在盗贼头目对夫妻二人颇有怀疑的时候，两个同伙突然叫起来："老大，你瞧，这些菜和酒！在工作之前，我们先把它们干掉吧。"盗贼头目看了眼餐桌上的牛排和酒，点了点头。

夫妻二人已经彻底绝望了，他们非常清楚，事情已经到了无法挽回的境地。

可就在这时，房间里响起了一阵电话铃声。盗贼头目顿时紧张起来，但仍故作镇静地问道："来电话啦。有谁约好会打电话来吗？"

夫妻二人都摇了摇头。他们心想：谁打的都无所谓，到了这个时候无论再发生什么都无所谓了。

"是吗？那就不要管他。"

单调的电话铃声响了一会儿，不久就停了。

此时，在警署，一个警官报告道："家里好像没人，电话响了半天也没人接。"

"那太好了，我们马上去现场。"上司听后松了一口气，然后对旁边椅子上耷拉着脑袋的男人说道，"你这个司机太可恶了！竟

绝妙的晚餐·147

然因为被炒鱿鱼，就要杀了人家夫妇。你还制造了定时炸弹，冒充商品样本用快递送去，作案的方法太恶毒！还好，家里没人，否则现在这工夫，在那个房子里的人都会被炸死，那你小子的罪可大了。你也算是恶人中一个幸运的家伙。"

（推荐：吕一）

生命烛

大木敏之

〔日本〕

微课堂

在西方民间故事中，死神通常会穿一身黑斗篷，手中拿着一把巨大的镰刀，在深夜从冥府来到地面，悄悄地走近尘世中的人，把他们带走。

在这则日本民间故事，却别出心裁地将死神塑造成一个和善美丽的女子。我们可以从日本文化中追溯这一死神形象的渊源：日本神话中，母神为"伊邪那美"，她掌管生死，又名"黄泉津大神"。死神形象的不同，反映出东西方文化看待生死的微妙差异。

神的秘密

从前有一个穷佃农，叫麻田。麻田上了年纪时，他的妻子才给他生了个俊秀的儿子。

这天，家里来了个陌生的漂亮女人，她说自己住在附近的一座庙里，特来祝贺麻田家新生了婴儿。她和善地邀请麻田带着孩子去庙里接受礼物。麻田正因为太穷、办不起庆祝宴而发愁，听了女人的话自然很高兴。

麻田抱着孩子，喜气洋洋地跟着这个女人上路了。

女人把麻田带到了一座古庙里，举行完一套庆祝新生的仪式后，她领着麻田穿过了几间装饰怪异的屋子,走进一个巨大的山洞。山洞尽头是一片宽广的空地,空地上燃烧着无数支蜡烛。有的蜡烛很长,像是刚点着,有的已经烧到了一半,有的则快要燃尽了;有的蜡烛很亮,有的却忽明忽暗地闪着微弱的光;在墙角还有一些崭新的蜡烛,尚未点燃。

"看!"女人说,"这些是生命烛,世上每个人都有他自己的蜡烛,当一个人的生命烛燃尽时,他也就要死了——那时我就把他带走。"

麻田颤抖着问:"你到底是谁?"

女人微笑了一下,说:"我?我是死神。我的职责就是在世间游荡,带走那些生命已到尽头的人们。"

麻田吓得目瞪口呆,好一会儿他回过神来,突然想起一件重要的事。他怯怯地问死神:"您能告诉我,哪根是我的生命烛吗?"

死神把他带到一支很短的蜡烛前,那蜡烛摇曳着微弱的光,仿佛随时都会熄灭。死神指着这支蜡烛,说:"这就是你的蜡烛呀。"

麻田脸都吓白了,央求死神把他的生命烛加长一些。

但死神无动于衷,只说了声"不行"。她轻轻地从麻田怀里抱过孩子,温柔地对婴儿说:"让我们给你点上一支新蜡烛吧,可爱的宝贝!"

趁死神转过身和孩子玩耍时,麻田抓起一支崭新的生命烛,掰下一截,快速地点燃后,接在了自己的烛台上。

死神马上发现了麻田干的事,她责怪道:"你这是在造孽,你会后悔的。"麻田羞愧地低下了头。

死神点燃了一支新的生命烛，对麻田说："现在你可以回家了，让孩子的母亲也高兴高兴。"说着，她给了麻田五个金币作为添丁贺礼。

神的礼物

麻田拿着金币急匆匆地赶到酒店买了一瓶酒，他要尽其所有庆祝孩子的出生，也要好好款待一下死神。死神高兴地说："麻田先生，你这么穷，我帮帮你吧。我可以让你成为一名神医，你会挣很多钱的。首先，你得给一个高明的医生做学徒，治病的事交给我，我不会骗你的。"

死神在麻田的耳朵上涂了些神秘的药膏，把他带到一个远近闻名的医生那里，客气地劝说医生收麻田为徒，医生痛快地答应了，但他心里却对麻田的能力有些怀疑。作为考试，医生把麻田带到野地里采草药。

多亏了死神的药膏，麻田能够听见每一种草药的说话声："我能治胃痛。""我能退烧。""我是治皮肤病的特效药。"

医生见麻田熟知各种药物，对这个新学徒刮目相看。他说："你很懂草药，比我知道的还多，我倒应该拜你为师，咱俩一起干怎么样？我们可以药到病除，名扬天下。"

麻田名正言顺地成了医生后，死神又来了。

"现在，我将让你成为世界上最高明的医生。我正要在世上散播一种疾病,你将被请到各地去为人们医治。不过,你得照我说的办:我会站在每一个病人的床边,当然,除了你,没人能看见我。如果你看到我站在病人的脚边,那就说明他能治好,你就立刻给他开药。病人痊愈后,一定会对你感激涕零。

"可是,如果你看到我站在病人的头边,那就说明他的生命烛已快燃尽,我要把他带走。你必须严肃地说:他寿数已尽。"

麻田照死神的计划行事,很快就成了最有名的神医。只要他肯医治,再危险的病人也能起死回生,而他无法医治的病人则必死无疑。人们到处传颂着他的大名,王公贵族也争相请他上门。

这天,麻田被秘密邀请到一座宫殿中,躺在病床上的正是国王本人。麻田看到死神已经站在了病人的头边,他知道国王活不成了。但在大臣们的再三请求下,麻田改了口:"我不敢肯定,尽力而为吧。"

麻田让仆人们把国王的床掉了个头,于是病人的脚朝向了死神。最后国王痊愈了,麻田得到了一大笔赏金。

当麻田再次见到死神时,她厉声责备他:"麻田,以后你再也不许玩这样的小把戏了。他不应痊愈,他的寿数已尽。我只是推迟了一点时间,国王的蜡烛已经燃尽。"

死神说得没错,不久国王还是死了。

几年后,麻田的名气越来越大,但他也越来越老了。他的头发变得灰白,皮肤满是皱纹,身子也十分瘦弱。他开始失去了活着的乐趣。

麻田哀求死神:"我老了,累了,活够了。请把我带走吧。"

但死神说:"不,你还得活着,因为你把自己的生命烛延长了。你必须活到蜡烛燃尽。"

麻田叹了口气:"唉!我还得活那么久?生命太漫长了!真是烦死人。"

神的宽恕

不久便发生了一件怪事。

麻田的儿子已经长大成人,胸怀大志,招人喜爱,可突然间孩子倒下了,看起来很快就会死掉。麻田虽然是个神医,却束手无策,只能眼看着儿子受病痛的折磨。

这天,麻田在儿子的病床边醒来,一眼看见死神站在了孩子的头边,他悲痛欲绝:"啊!我的儿子就要死了!请您让我替孩子走吧。您要带走这样一个前途无量的年轻人,却让我这把老骨头继续活在世上,这是多么的不公平啊!"

死神冷笑着说:"这都是你的错。你还记得吗?你儿子出生的那天,你折断了一支新的生命烛,安在了自己的烛台上。你以为那是谁的蜡烛?那正是你儿子的生命烛。是的!你让你儿子的生命缩短了一半。我说过,你会因此而后悔的。"

麻田追悔莫及,他说:"我错了,请带我再去一次那个山洞吧。我要把生命还给儿子。"

死神看到麻田的诚意,同意了他的请求,再次带他来到燃着生命烛的山洞。她指着一支马上就要燃尽的蜡烛说:"看!这就是你儿子的生命烛。"

"哪支是我的?我的呢?"

"你的在那儿。"

麻田认出了那支陈旧、但还很长的生命烛。他把这支生命烛从烛台上拔了下来,安在了儿子的烛台上。儿子的生命烛立刻恢复了活力,烁烁闪亮起来。

"这就对了,"死神说,"你救了你儿子的命。"死神点燃了麻田那支只剩下很短一截的生命烛,"现在回家看看你儿子的笑脸吧,我会看着你的生命烛。你剩下的时间不多了,你不会遗憾吧?"

"当然不会,只要让我看一眼儿子的笑脸就行。"

当麻田回到家时,他的儿子已经下地了,正容光焕发地站在窗前迎接父亲。麻田看着儿子,快步走向屋门,但死神随后也跟了进来。

就在死神手里的蓝树枝碰到麻田下巴的一瞬间,他的眼无力地合上了,头慢慢地垂了下去,身子趴在了死神的膝上。麻田好像是安静地睡着了,脸上带着微笑。

看到麻田倒在了家门口,人们都喊起来:"哎呀,麻田死了!这么好的医生,太可惜了!他可是个了不起的神医啊,再想找到他这样的医生可难了。"

与此同时,在远处的山洞里,麻田的生命烛渐渐熄灭。

(编译:孙开元)

手工贵妇

东野圭吾

〔日本〕

小辞典

东野圭吾（1958— ），日本著名作家。作品笔锋老辣，情节跌宕诡异，擅长从极不合理处写出极合理的故事。代表作《嫌疑人X的献身》获日本文学最高荣誉"直木奖"和本格推理小说大奖。这篇作品选自其短篇小说集《毒笑小说》。

微课堂

"毒舌三部曲"又被称为东野圭吾的"三笑"，分别是《黑笑小说》《毒笑小说》和《怪笑小说》，堪称不可多得的反讽奇作。尽管有些故事十分离奇、极尽夸张，却依然拥有艺术真实，如同放大镜一般，让读者看清了现实的枷锁。

安西静子是个家庭主妇，一年前搬到了一片新建的住宅区，这里住着三百多户人家，大部分家庭的男人都在"ABC电器"公司上班，公司距离社区只有十分钟车程，不夸张地说，这片土地简直是专为公司员工开发的。静子的丈夫也供职于ABC电器，刚搬到新家时，静子每天都乐得心花怒放，可不久后，她就遇上了麻烦事。

那天，邻居鸟饲文惠告诉静子，在这个社区里，主妇们经常参加一个活动，那就是富冈夫人的茶会。富冈夫人的丈夫是ABC电器的董事，这位夫人每月举办两次茶会，与会的都是"丈夫部下的太太"。刚听说这事时，静子觉

手工贵妇 · 155

得很麻烦,心想:若要应酬上司,在公司里就够了,凭什么连私生活也得搭进去?但最后她还是决定参加下一次的聚会,因为这样做也许可以帮助丈夫提升一些印象分。结果直到今天,静子还常常后悔当初的决定……

这天又是举办茶会的日子,静子磨蹭了好久才心情沉重地走出家门,等她来到富冈府,客厅里已经到了好几位太太,都是熟面孔。静子刚坐下,富冈夫人就来了,她看了看墙上的时钟,又看了看在场的所有人,目光灼灼地说:"山田太太好像还没光临呢。"

鸟饲文惠紧张地挺直腰,回答说:"这个,山田太太的亲戚过世,所以请假了,她……她说错过茶会很遗憾。"

富冈夫人同情地皱起眉头:"这可是大事啊,外子知道这件事吗?我让他视情况发个唁电吧。"

鸟饲文惠听了这句话,突然变得语无伦次:"啊,不不,不用了,那个,听说只是远房亲戚……"

富冈夫人这才点点头:"那就先不发唁电了吧。"

点完名后,茶会终于开始了,今天富冈夫人招待大家品尝她亲手做的曲奇饼,夫人端上饼干,骄傲地说:"虽然我第一次做曲奇饼,可烤得很不错,孩子们也都夸好吃。"

静子看着满满一盘焦黄色的饼干,感到一阵头皮发麻,但事到如今,想不吃也不行了,她拿起一块放入口中,曲奇饼咬起来嘎吱嘎吱的,活像在嚼火山石,味道也腻死人,完全没有曲奇应有的香甜,只有砂糖甜得发苦的味道。静子忍不住伸手端起红茶,把嘴里的曲奇饼冲下去。再看其他几位太太,也都在努力吞咽着,鸟饲文惠一边吃一边说:"很可口,简直入口即化。"其他太太也赶忙附和:"是啊,味道非常高雅。"静子只好也含糊地说了几声"好吃",富冈夫人微笑着接受大家的赞美,显得很满意。

静子暗暗叹了一口气:其实这个所谓茶会,就是为了恭维富冈夫人的手工制品。这位夫人酷爱手工,她的一大乐趣,就是向大家展示自己的作品,可不知为什么,她做出的东西都在正常水准以下,而她本人对此还毫不自知。静子觉得,夫人不光味觉不灵敏,说不定神经也出奇地迟钝。

喝过茶后,富冈夫人送了每人一大盒曲奇饼,静子看着这些硬得像石头一样的饼干,不禁苦笑起来。夫人喜欢把自己的得意之作送给大家,静子收到过的就有被误认为抹布的餐垫,还有丑陋的洋娃娃,孩子一看就吓得哭了起来,但最麻烦的还是食物。一次夫人送了大家她亲手腌制的香肠,静子一开始也想凑合着做给丈夫吃,可无论怎么煎炒烹炸,香肠还是发出一股肉类腐烂的味道。丈夫说什么也吃不下去,只好拿去喂家里养的狗,没想到那狗刚闻了一下,立刻"汪"的一声惊叫,飞快地往后直躲,夹着尾巴逃走了,最后只好把香肠扔进厨房的垃圾桶。看来今天的曲奇饼也会是这个下场。

每到扔垃圾的日子,静子就特别提心吊胆,生怕被人看到,特别是被茶会的同伴看到,如果有人跑去告密,就麻烦了。这一带乌鸦又多,赶上垃圾回收车来迟了,垃圾袋就会被乌鸦啄得一片狼藉。因此静子每次处理富冈夫人的礼物时,都至少套上三层垃圾袋。

日子就这样郁闷地过着,这天,静子接到鸟饲文惠打来的电话,鸟饲通知她,夫人有礼物要送给茶会的全体成员,请大家明天务必光临。如果谁有事去不了，以后夫人会亲自送来。

第二天，静子愁眉苦脸地出门了，丈夫在她身后小声道："别忘了对夫人强调一下，我们家人饭量小。"

到了富冈府，静子一走进庭院，就觉得一股异样的臭味直冲鼻孔，来到院子里，味道更重了，只见茶会的常客都到齐了，她们看到静子，都露出百味杂陈的笑容。

庭院中央放着四个巨大的塑料水桶，只见富冈夫人兴致勃勃地挽起袖子，伸手探进其中一个，揪出一棵足有脑袋大小的白菜："这些泡菜看起来很诱人吧？我这是第一次腌菜，既然腌了，就请大家都尝尝，一共用了五十，哦不，是六十公斤白菜，光蒜就用了一公斤呢，呵呵呵呵……"

听到这番话，静子只觉一阵眩晕，这么说来，今天要分送给大家的就是这些泡菜了？怎么会这样！

夫人却完全没留意静子她们的表情，忙着从水桶里拿出泡菜，"扑通、扑通"地倒进准备好的大号塑料袋，依次发给众人，还叮嘱说"回头别忘了反馈感想"。等静子回过神来，两手已各拎着两个塑料袋。

一回到家，静子的丈夫就嚷道："什么味儿呀，快扔掉。"静子点点头，要尽快扔了才行，搁得久了，整个家都会臭不可闻，可问题在于怎样扔掉。垃圾袋根本挡不住这股强烈的臭味，就这样扔到垃圾场是行不通的。静子想了一会儿，终于有了点子。

两天后的上午，快九点了，静子透过窗户不时地张望，她盘算着，等垃圾回收车一开过来，自己就马上拎起垃圾袋飞奔出门，只要争取垃圾第一个被回收，就能神不知鬼不觉地处理掉了。

但打这个算盘的不止静子一个,当静子飞奔出门时,几乎同一时间,好几个家庭主妇拎着垃圾袋从不同方向出现了,一看面孔,都是茶会上的同伴。大家面面相觑,静子望着别人手里的垃圾袋,不由得把自己的垃圾袋藏到身后。

垃圾车逐渐开近了,大家都尴尬地沉默着,谁也没有勇气放下袋子就走。或许是心理作用,静子觉得有泡菜的臭味飘散出来……终于,清洁工开始收集垃圾了,大家默默地把垃圾袋放到回收口旁边,却都没有离开,而是站在原地看着清洁工作业。清洁工把几个袋子收起来,突然小声嘟囔了一句:"这是泡菜的臭味吧?"

那一瞬间,静子看到所有人的表情都僵住了,自己也多半好不到哪里去,她挤出一个尴尬的笑容,赶紧回家去了。

转眼又到了茶会的日子,这天人来得很齐,富冈夫人心情大好,高兴地说:"最近我正在研究一个新玩意儿,和烹饪、缝纫完全两样,相当有难度,不过做起来很有意思,不知不觉就迷上了。"

鸟饲文惠凑趣说:"这回夫人要挑战什么新项目?"

夫人说:"我很快就会展示给各位看,请稍等片刻,大家先喝喝茶、聊聊天吧。"说着,她离开了客厅。

屋里一下子安静下来,好一阵子,谁也没有开口,大家都窥探着别人的态度。终于,坐在静子边上的一位年轻太太凑近她,问:"那个,有点棘手吧?"

静子谨慎地说:"什么?"

那位太太叹了口气,说:"我是说,泡菜。"

这话一出口,众人霎时屏住呼吸,静子假装平静地点点头:"是

手工贵妇·159

很棘手……量有点多了。"

先开口的那位太太好像松了口气,这时,另一位主妇也加入了谈话:"是啊,我家孩子太小,不太喜欢那个味道,不过,好吃还是蛮好吃的,要是大人的话,味道就正合适了。"

这时,一个心直口快的主妇插嘴道:"味道太特别了,我家那口子一尝就说,这是什么啊,味道真怪。"

大家顿时沉默了,谁也没想到有人会大大咧咧地直接说出"味道真怪",毕竟到目前为止,还没有人公开对茶会表示过不满。可沉默没有持续多久,今天大家似乎都有点忍不住了,又有人接口说:"说起来,味道特别的食物还真不少,以前的香肠不也是吗?"

"哦,那个啊,确实有点……臭烘烘的。"

"还有那个曲奇饼你们觉得怎么样?"

平时专爱奉承夫人的鸟饲文惠说道:"活像在啃墙土。"

大家哄堂大笑起来,就像解开了魔咒,大家肆无忌惮地批评起了以前那些作品,最后静子总结道:"真是可悲啊,不管做什么都一塌糊涂。"

鸟饲点点头:"不光烹饪,缝纫也是……不知她今天又要献什么宝。"

有人接口道:"不会是什么难以下咽的饮料吧?""嘻嘻,那你就假装手一滑摔了就没事。""哇,高智商犯罪!"这时,大家已经完全放开了,眉飞色舞地嬉笑起来,静子心想,如果茶会都像今天这样,就是天天开也乐意。

这时,一位主妇从桌下拿出一本杂志,"咦,这里有本奇怪的杂志,是董事看的吧？"静子从旁边凑过去一看，那本杂志是《电子工作》，她顺手翻了翻，突然发现其中一页夹了一张书签。一看那一页的标题，静子顿觉心里猛地一沉，那标题是——"你也可以制造窃听器"。

众人一看，立刻无言地站起身，四散寻找起来，很快，鸟饲"啊"地叫了一声，从花瓶背后拿起一个东西。那是一个小方盒，和杂志上刊登的窃听器成品一模一样。

大家静静地推开客厅的门，动作僵硬得像机器人，先后来到走廊上。富冈夫人就在走廊尽头的洗衣机旁，一看到她，静子等人顿时惊慌失措。

"不得了啦！"

"白沫……夫人口吐白沫了……"

"夫人，振作一点！"

原来，富冈夫人今天展示的作品正是自制窃听器，当她通过窃听器听到大家的谈话后，不知什么时候，已经昏了过去……

（改编：顾诗）

消失的棋子

甲贺三郎

〔日本〕

佐藤酷爱下棋，尤其是盛行日本的"将棋"，一下起来就特别投入。他有好几个棋友，其中交往最频繁的是铃木。佐藤和铃木从中学时代起就认识了，两人的关系挺微妙：佐藤身材肥胖，铃木则体形瘦削，虽然外表是两个类型，可在个性方面，两人都十分倔强好胜。不知从什么时候起，两人把对方当成了自己的竞争对手，一见面就要互相嘲讽两句。在下棋方面，这种竞争更是白热化，为了不输给对方，佐藤拼命地学习将棋的技艺，可是两人的水平不相上下，多年来一直互有输赢。

这天，佐藤的妻子带孩子出门了，佐藤难得清静地坐在书桌前，刚要开始

小辞典

甲贺三郎（1893—1942），日本著名推理作家，擅长在作品中设置悬疑和谜团，代表作有《珍珠塔的秘密》《琥珀烟斗》等。

微课堂

将棋（しょうぎ）又称日本象棋、亦称本将棋（本，基本之意），是一种盛行于日本的棋类游戏。将棋的排局，日文称为"诘将棋"，比起中国象棋排局崇尚和局的刚柔并济之美，诘将棋则刚猛、紧凑。象棋和将棋的妙趣，实乃各有千秋。

工作，铃木就上门来了。两人寒暄了几句，和往常一样，开始下棋。

这盘棋的气氛充满诡异，原来，最近两人为了一件事闹得挺不愉快，下棋时双方都憋着一股劲。平时两人对战，总会一边下棋一边轻松地嘲讽对方，可这天，两人却一句话也不说，只是盯着棋盘，彼此身上都冒出一股杀气。

铃木下一手棋，佐藤也下一手棋，直到中盘为止，两人的布局都毫无失误，可是随着棋局的进展，佐藤的形势渐渐危险了，慌乱之中，他出了一个昏着儿。棋子刚一落下，佐藤就意识到自己要输了，他懊悔地抬起头，正好看到铃木脸上露出得意的冷笑，说道："哼，愚蠢的盘算落空了吧？"

佐藤心里蹿起一股邪火，反驳道："谁输谁赢还不一定呢！"

"算了吧。"铃木冷冷地说，"从中学时起你就不如我，这么多年，一直硬撑得很辛苦吧？"

这句话一下子点燃了佐藤的怒火，两人吵了起来，从陈年旧账说到最近的矛盾，越吵越凶。最后，佐藤再也忍受不住，猛地扑向铃木。等到回过神来，佐藤才发现，瘦弱的铃木被自己压在身下，咽喉被自己的右手牢牢掐住，已经一动不动了……

佐藤失魂落魄地站起身来，不知站了多久，才发现天色已经暗了。他一转头，看到倒在旁边的铃木的尸体，突然明白了自己的处境：快，必须趁妻子还没回家，找个地方把尸体藏起来。

幸好，佐藤家虽然不大，却是位于郊外的独栋房子，有个宽大的庭院。为了打扫庭院里树木的落叶，佐藤前几天刚好在院子角落里挖了一个大洞。这个洞已经填满了落叶，妻子一直叫佐藤填埋起来，

消失的棋子·163

免得孩子不小心掉进去。佐藤心想：现在自己把洞填了，应该不会引起妻子的怀疑。

于是佐藤抱起冰冷的尸体，走进庭院，分开洞内的落叶，放入尸体，再从上面盖满落叶，最后一锹一锹地铲土覆盖在落叶上，终于顺利地将尸体埋妥。埋好后，他跑回屋内收拾好一切，这才呆坐着等妻子回来。

不久，妻子回家了，佐藤说自己头痛，没吃晚饭就回卧室躺下休息了。妻子果然一点也没怀疑。

从这天晚上开始，佐藤失眠了。白天，他的目光总是不自觉地投向院子的那个角落，夜里更是噩梦连连。就这样过了两三天，铃木的家人曾经来询问过一次，佐藤假装一无所知。每天早上，他都仔细阅读报纸，却没发现有什么相关报道。

第四天中午，佐藤的另一位棋友来访，他没有发现佐藤不太对劲的样子，向他提出了挑战。这位朋友棋力比佐藤稍弱，竞争意识也不强，平常佐藤很喜欢和他下棋，现在却实在没有这份心情，但佐藤又担心：如果自己拒绝，会不会引起朋友的怀疑呢？于是，他只好若无其事地拿出棋盘，和朋友面对面坐下。

朋友迅速从棋盒里拿出棋子，在棋盘上摆放起来，佐藤也同样摆放着棋子。忽然，佐藤发现少了一颗名为"角和步"的棋子。

佐藤愣了一下，立刻脸色大变：角和步、角和步……那不是铃木当天拿在手上的棋子吗？想到此，佐藤不由得摇摇晃晃地站起身来，嘴里喃喃念着："棋子少了、棋子少了……"他恍恍惚惚地走出客厅，刚走进卧室，就倒了下去。妻子担心地跟着佐藤进屋，那位朋友只好没趣地告辞了。

佐藤昏倒一会儿后醒了过来，他对妻子说，自己是劳累过度才这样的，总算骗过了妻子。

这天夜里，妻子睡着后，佐藤悄悄起床，走出了卧室。他想来想去，那颗消失的棋子一定是握在铃木的手掌中！自己平时非常珍爱这副棋子，连孩子都不让碰，如果棋子就这么无缘无故消失了，妻子肯定会怀疑的。佐藤决心要拿回棋子。

冒着深夜的寒气，佐藤来到院子里，即使在黑暗里，他也清楚地记得那个洞穴的位置。他卷起袖管，插入了铁锹，"噗噗"的挖掘声，好像是从地底下传来的呻吟……佐藤鼓足勇气挖下去，突然，他看到了和服的一角衣摆，慌忙想转头，脖子却像僵住了似的无法动弹。佐藤深吸了一口气，丢下铁锹，用双手扒开落叶。

很快，他摸索到了死人的手，佐藤一阵恶心，情不自禁地缩回手，可他脑海里好像有个恶魔在低语："证据，这可是证据啊，不能把证据留在那种地方啊……"佐藤擦了擦满头的冷汗，咬紧牙关，扳开了死人的手指，可是，手里没有棋子……

佐藤用尽力气扳开第二只手，怎么回事？手掌中还是空空如也，他又看向第一只手，还是没有。佐藤只觉得脑海里一片空白，他慌忙用泥土覆盖住尸体，将一切恢复原状，脚步踉跄地回到卧室。这一夜，似乎费尽了他一生的精力。

佐藤醒来时已是第二天中午了，他觉得全身像棉花般松软无力，还有点发烧，但一想到棋子的事，他还是勉强爬了起来。起床后他立刻来到客厅，拿出那副将棋，再次在棋盘上摆起了棋子。不可思

消失的棋子·165

议的是，棋子竟然齐全！这究竟是怎么回事？

现在，佐藤最担心的就是昨天来访的那位朋友，自己的怪异举动全落在他眼里了，不知他会不会四处宣扬，如果传到刑警耳里，那可就糟了。想到这里，佐藤坐立不安，心想：一定要让朋友见到自己轻松愉快的样子。于是，佐藤给那朋友打了个电话，说自己昨天很抱歉，不过今天已经痊愈，请朋友下班后务必到家里来。

傍晚，朋友如约来了，佐藤立刻到门口迎接，还装出愉快的样子陪他闲聊。佐藤笑着对朋友说："我最近大概将棋下得太多，脑筋都下出毛病来了。"

朋友听了不由得哈哈大笑，两人很快摆上棋盘。

摆放棋子的时候，佐藤忽然有一种可怕的预感。果然，摆着摆着，他就发现棋子不够，缺少的正是那颗"角和步"！

佐藤觉得浑身冰冷，过了好久，他好像听到朋友在叫自己"喂、喂"。他回过神来，立刻低头在膝前、棋盘下，前后左右地搜寻，但是，到处都找过了，哪里都找不到那颗棋子。佐藤崩溃了，他趴倒在棋盘上，神经质地大笑起来，笑了好久才停下来，接着，他一口气对朋友坦白了自己的罪行。

听完佐藤的话，朋友的脸色变得苍白，他结结巴巴地说："对、对不起，请你原谅，我没想到你会有这样可怕的秘密。老实说，昨天你摇摇晃晃地站起来时，我就看到棋盘下掉着'角和步'的棋子，可是你并没有去棋盘下找，只像梦游症患者一样，嘴里念叨着'棋子少了'，然后就走进卧室，倒下了。今天你约我时，态度还是很古怪，仿佛魂不守舍，所以我出于恶作剧的心理，在摆棋子时迅速藏起了'角和步'，想看看你有什么反应，没想到会对你造成如此严重的打击！"说着，朋友将紧握在左手掌中的棋子丢在棋盘上。

佐藤目瞪口呆，但他一点也不恨朋友，只感到整个人顿时轻松了。这时，他听到另一个房间里传来妻子的抽泣声，想必妻子也听到了两人的谈话吧，自己服刑后，妻子该怎么办？佐藤陷入了沉思……

（推荐：顾诗）

意外事件

阿刀田高

〔日本〕

凌晨时分,佐藤迷迷糊糊中摸到了枕边的闹钟,眯起眼睛看了一眼,顿时从床上跳了起来:"糟了!已经4点10分了!怎么会睡过头呢?"

昨天下班时,领导特意叮嘱过大家,今天早上5点钟要集合,尤其是佐藤,他担负着重大责任,绝对不能迟到。

佐藤迅速穿上衣服,把剃须刀塞入口袋,然后跑到车库,开出车子。他一只手握着方向盘,一只手在刮胡子。此时已经是4点20分了,按照平常的速度,开车到单位起码要40分钟。看来只有加快速度了,也许勉强能够赶得上。

佐藤回想起昨晚的情景,一开始

小辞典

阿刀田高(1935-),日本著名推理小说家,有"日本异色小说王"的美誉。他的作品结构精巧,充满悬念,结尾往往出人意料。代表作有《来访者》《拿破仑狂》《隔壁的女人》等。

微课堂

2012年,阿刀田高推出了四本短篇小说集:《蓝色圈套》《红色诱惑》《白色魔术师》《黑色回廊》,名字都和颜色有关。作者表示,颜色代表了小说的不同内容,红色关于男女感情,而黑色则与可怕恐怖有关。

他一直睡不着，后来迷迷糊糊地睡着了，却做了个奇怪的梦。他梦见院子角落里有一棵大树，树枝上垂挂着绿色的果实。可等他走近一看，一颗颗都是人头，没有瞳孔，只有白色的眼白，甚是可怕，他一下子惊醒了。他记得那时看了看闹钟是凌晨三点钟，如果那时索性起来就好了，谁知迷迷糊糊又睡着了，以致睡过了头。

很快，车子上了公路，佐藤把速度提高为80码。此时，天空中乌云密布，细雨绵绵，再加上雾气蒙蒙，车外的能见度极低。

车上的速度仪的确指着80码左右，但佐藤觉得车子的行驶速度并不快。恼人的是，越是着急，越是容易遇到红灯。

想着今天无论如何都不能迟到，佐藤忍不住又提高了车速。马上就要到5点了，他终于看见路的前面出现长长的灰色围墙。看来，如果不出什么意外，刚好就能赶得上了。

该死，又是红灯！之前，佐藤已经连续闯了两个红灯了，此时他依旧没有放慢车速，打算闯第三个红灯。可就在这时，从围墙的角落里突然飞奔出一个人影，径直朝佐藤的车子扑过来。

"不好！"等佐藤看到的时候，人影已近在眼前，他拼命把方向盘拽向左边，猛踩刹车，可惜还是太迟了。黑色的人影从车子正面撞了过来，先是弹到了车盖上，然后摔到了地上。

顿时，佐藤的脑子一片空白，他打开车门，从车上跳了下来，走近那个人。那是一个壮实的男人，此刻一动不动地趴在地上。佐藤伸手摸了摸，发现他已经没了气息。

佐藤顿时蒙了，脑子里不停地转着：为什么突然会有人跑出来呢？路上明明一直都没有人呀！我该怎么办……

佐藤呆呆地站了一会儿，周围聚集的人开始多了起来，大家指着车祸现场议论纷纷。很快，警察也来了。警察看了看现场，问佐藤："你闯红灯了吧？"

佐藤没有否认，但他还是试图争辩："可是……是他突然跑出来的……"

警察把尸体翻了过来。只见死者的脸上有一道刀疤，显得有些狰狞。佐藤一看，不禁失声叫了起来："啊！天哪！"对佐藤来说，死者的这张脸，他太熟悉了。

警察好奇地问："你认识他吗？"

佐藤点点头，竭力平复自己的情绪："我认识他，他一直在监狱里服刑，看来一定是越狱了。"直到这时，佐藤才明白，为什么这家伙会突然出现，为什么他闯红灯时并没有看到人影。这家伙显然是一路躲躲藏藏企图避开路人，又不时注意着后面是否有追捕者，所以才没有看到佐藤的车，一头撞了过来。

佐藤颤抖着问警察："我……会有罪吗？"

警察毫不犹豫地说："那是自然的。"

佐藤不甘心地叫道："可是，警察先生，你知道吗？他是个杀人犯！他杀了八个无辜的人！"

警察用锐利的目光看着佐藤，摇摇头说："不管他是怎样罪大恶极的人，你都不能撞死他，你的罪行并不会因为他的身份而有所改变。"

"但是,但是……"佐藤狼狈地大叫着,"他是死刑犯!"

警察一边检查着轮胎的痕迹,一边抓住佐藤的手腕,说:"尽管如此,你还是有罪的,因为你车速过快。你的姓名、职业?"

佐藤绝望地大叫道:"太荒谬了!我的确开了快车,因为我必须赶时间,这个人定在今天早上接受死刑,而我是执行人!"

(改编:辰超)

蛛丝马迹

森村诚一

〔日本〕

小高省吾和松江俊吉是同人杂志《潮流》的创办人，两人平时关系不错，又都喜欢写小说，但相比之下，松江写出来的小说要技高一筹，只不过从不在外面发表。

这天，松江拿出刚写好的一部长篇小说给小高看。小高只用了半天的工夫，就把它一口气读完了，心里又是羡慕又是妒忌，心想自己如有这样一部小说就好了。就在这时，他的眼光落在一张报纸的标题上，上面写着某杂志社将举办一次文学大赛，特向社会广泛征稿。小高看了灵机一动，就拿着报纸怂恿松江应征，松江一听连连摆手，瞪着个近视眼说："不行，不行，我只在《潮流》

小辞典

森村诚一（1933- ），日本著名作家。1969年发表《高层的死角》获江户川乱步奖。主要作品有《人性的证明》《野性的证明》《青春的证明》等。本故事根据他的小说《幻灭》改编而成。

微课堂

《人性的证明》是森村诚一"证明三部曲"中最广为人知的一部，中国观众熟知的电影《人证》即改编于此。森村诚一的推理小说，并不局限于揭露真相，而是深刻地剖析、展示了人性，令人掩卷而思。

上胡乱写写，投到外面我一点也没有兴趣！"

小高建议道："那么就以我的名义去投稿，得了稿费再一人一半，怎么样？"松江想了想答应了。

没料到这部小说参选后被评委们一致看好，获得了一等奖，小高还获得本次大赛的"新人奖"。从此，各种约稿信纷至沓来。小高便三天两头跑到松江家求他写稿，写好后抄上一份，署上自己的姓名发表。

本来是太平无事的，可不知从什么时候起，聪明的松江竟学会了赌博，什么赛马、赛车、麻将、纸牌，样样都来，而且十赌九输。这样，稿费刚开始是对半分，发展到后来是三七开，再到后来是全都要，就这样松江还是三天两头要钱，说不给钱的话就把真相说出来。

小高这下懊悔不已，心想，再这样下去的话，自己不被逼死，也要被逼疯啊，于是他心里动了杀机。

经过仔细勘察，他选定鲛浦作为下手的地点。这是个秀丽多姿的半岛尖端，有高达几十米的断崖可以观海，有"自杀胜地"的称号。等万事俱备，小高便主动给松江打电话，说自己住在鲛浦的旅馆里，让他带稿子来这儿取钱。

松江果真上钩，两人在断崖上会面了。寂静的深夜，海面上漂起点点渔火，波涛撞击着脚下的岩石，夜里看去也泛起片片白光。

松江接过小高的钱后，从口袋里掏出一篇小说稿，说："真是对不起，我好久没写小说了，这两天我赶写了这一篇，你看看怎么样？""不急，等会儿再看吧，"小高接过小说稿动情地说，"这儿的风景真美啊！"说着话，他为松江点上一支烟，两人悠然地眺望海景。过了一会儿，小高趁松江不备，用手使劲一推，松江"哎呀"一声就从崖上坠落下去……

小高很兴奋，一回到旅馆房间，便迫不及待地打开松江的小说稿。这篇小说题为《湮灭的溪谷》，写的是追捕的警官和被追捕的逃犯跑进山中的溪谷，正遇上暴风雨，大水把入谷的木桥冲走了，两人被困在谷中的传奇经历。小说生动地刻画了敌对双方身陷绝境的心理状态，令人心弦震颤，此外对自然情景的描述也异常生动。回东京后，小高便将小说抄了一遍，投寄给一家著名的杂志社。小说发表后在社会上引起很大反响，被评论界认为是小高新的代表作。

却说松江的尸体，是事发第二天早晨被发现的。由于在不远处找到了一些钓具，当地警方以钓鱼失足而亡，草率地下了结论。小高心中暗喜，他已神不知鬼不觉地除掉了心腹之患。

三年过去了，小高刻意模仿死者的风格和笔调创作小说，虽不及松江写得精彩，但总体水平还过得去，小高渐渐地成了一个有影响的名作家。

一次，一家著名杂志社特聘他担任本届短篇小说创作新人奖的评委。在应征的几百个短篇小说中，小高对一个叫家永的作品评价极高。他努力说服了其他评委，最后家永获得了本次大赛的"新人奖"。

过了几天，当选人按照惯例前来拜会小高。一见面小高大吃一惊，没料到家永居然还是个警官。家永寒暄了几句，便起身告辞，临走忽然想起了什么，问道："对了，老师，有件小事想请问您：您三年前的大作《湮灭的溪谷》，里面讲到的'仙醉溪谷'，老师是亲自去过的吧？"

"是啊,我去过,那怎么样呢?"小高听了一愣。

"不,没什么,我不过是偶然想起而已,"家永从容地含笑道,"听说老师从前是《潮流》杂志社的,是吗?"

"那又怎么样呢?"小高皱皱眉,他不想别人提及《潮流》,那是他的一块心病。

"唔,那儿的编辑中有我一个朋友,叫松江俊吉,极有才气,写作的风格有点像老师您的初期作品。可惜呀,三年前他在鲛浦坠崖死了!不知老师认不认识这个人?"

小高心里一颤,含糊地说:"噢,好像是有这个人,不过我不太熟。"他把刚点燃的烟掐在烟缸里,做出送客的姿势。家永仿佛没有看到,还在絮絮叨叨的,说着说着索性坐下了。

"在表现手法上,老师您同松江的确很相似。比方说,松江形容隐身于暗处的女人,就爱说,'好像夜空的远星,明明在眼前闪亮,细看就无影无踪了'。而老师您的初期作品,特别是得奖的那部长篇小说,也有类似的描写……"

"你……你究竟要说什么?"听他这么一讲,小高差点儿失控了。

家永的面容还是那么坦然。"请别生气,我在画刊上瞻仰过老师的风采,老师的眼力似乎特别好,有些杂志的专栏文章还特意介绍过,"说到这,他突然话锋一转,"这样的话,老师对远星的形容就有矛盾了。那种现象,只能出现在近视人的眼里,在视力正常的人看来,星星是不会消失的。"

小高暗吃一惊,他想起松江的确是个严重的近视眼。他想以"这是文学描写,岂能就事论事"的理由来反驳,可话还没出口,家永又开口了:"松江是三年前的夏天死的。在他死之前,准确地说,就是7月9日到他身亡的12日这四天中,老师见过他吗?"

"怎么会见过呢?"小高矢口否认,"我迁居东京后,就再也没有见过他了。"

"是吗?那可就奇怪了!"家永的眼中闪出一道光芒,"告诉您吧,那年出事前,我同他一起到'仙醉溪谷'去钓鳟鱼,我打算通过他了解赌博集团的情况。可我俩刚支起帐篷,暴风雨就袭来了,冲垮了小木桥,我俩只好冒险涉水,那是7月9日的事。刚出谷,崩塌的泥石就堵塞了溪谷,再也进不去了,好险哇!就像老师作品的标题那样,成了'湮灭的溪谷'。可是,老师作品里那种细致的描写,未亲临现场的人是绝对写不出的,也不是用想象就能填补的。当时在现场的,只有我和松江,老师又断言那阶段没见过松江,那么这只能证明:《湮灭的溪谷》不是您的作品,而是出自松江之手。"

小高感到眼前一阵发黑。家永憨厚的表情消失了,代之以警官特有的冷冰冰的面孔。

"实际上,我是最近读到《湮灭的溪谷》才产生疑问的。之后,我把老师的初期作品同松江发表在《潮流》上的作品作了对照分析,结果断定完全是同一个人的作品。在松江知情的情况下,老师窃取了他的作品,这一劣行,就为松江的死埋下了伏笔。现在,请您不要认为我是前来拜会您的当选人,我是作为一名警官而来的。"

小高已经听不到家永的话了,绝望的阴影遮住了他的视野……

(改编:陈秋生)

美洲豹33号

米格尔·安赫尔·阿斯图里亚斯

〔危地马拉〕

小辞典

米格尔·安赫尔·阿斯图里亚斯（1899—1974），危在马拉著名诗人、作家。代表作有《总统先生》《以玉米为生的人》等。

微课堂

危地马拉位于北美洲大陆的南部。危地马拉是古代印第安文学作品《波波尔·乌》和《契伦·巴伦之书》的发源地。在现代危地马拉文学史中，著名作家之一是米格尔·安赫尔·阿斯图里亚斯，他曾于1967年获诺贝尔文学奖。他的故事集《危地马拉传说》被认为是拉丁美洲第一本带有魔幻现实主义色彩的短篇小说集。

故事发生在政府军和雇佣军对峙的那个动荡年代。

有一个年轻少妇叫娃勒丽娅，她已是三个孩子的母亲，却依然是楚楚动人，美丽的面庞上，有着一双又黑又亮的大眼睛，但眼神里时时含着几分忧郁。自从那个不务正业的丈夫楚斯失踪以后，娃勒丽娅生活没有着落，不得不拖儿带女投奔姑妈，姑妈叫露丝，是个老处女，住在镇上的一栋深宅大院里，这宅子看上去挺豪华，其实冷清清的，像墓地一样。

这一天，政府军的一群鲁莽而暴躁的士兵冲进了这个院子，不由分说，他们把天线、电缆、梯子之类的东西搬了进来，随即一个又矮又胖的秃顶军官走了进来，他看到了娃勒丽娅和她的姑妈，就走上前来，说："我是这里的司令官勒翁上校，两位夫人，你们的房子被征用了，战争给你们带来了麻烦，但政府会感谢你们的。"上校在说话间，两只眼睛死死地盯着娃勒丽娅，娃勒丽娅有点尴尬，跑了。

那天，阳光明媚，镇上传开了一个好消息：政府军又打了一个大胜仗，为了庆祝胜利，驻军举行了一个仪式：押解着俘虏的雇佣军士兵在镇上走一圈，以此来展示他们的胜利成果。人们聚集在一起，尽情地嘲弄着那些俘虏。姑妈的房子坐落在当街，于是姑妈就带着娃勒丽娅、娃勒丽娅的孩子们，和住在她家的那些军官们一起，在窗口观看。

娃勒丽娅打扮得花枝招展，她正看着那些在街上走过的倒霉的俘虏，突然，娃勒丽娅的脸色变了，因为她在俘虏队伍中看到了一个人，而这个人正是她的丈夫楚斯！

这一夜很长很长，娃勒丽娅独自一人在街上走来走去，从见到丈夫那一刻起，她就无法平静了，虽说楚斯有不少坏毛病，赌博、酗酒、玩女人，可他毕竟是自己的丈夫呀，现在他是俘虏，这一天天过的是什么日子呀！娃勒丽娅曾向看押的哨兵打听过如何处置这些俘虏，哨兵说："今晚这些俘虏留在这里，明天要押送首都受审，不过或许明天就要处决，反正只有上校才知道！"是呀，现在只有上校主宰着自己丈夫的命运啊！

忽然，娃勒丽娅发觉大街上有一辆车子正向这里开来，该不是上校吧？她立刻迎了上去，一看，正是上校。上校有点诧异，他走出车来，娃勒丽娅那双美丽的大眼睛滴下了眼泪："上校，我的丈夫在俘虏兵的队伍里……"

上校没有开口，这是一阵可怕的沉默，接着，上校把娃勒丽娅带到了办公室，他从桌子上拿过一个名册，留神地查阅着，一会儿他就查到了："不错，在这里，而且他还是个队长！不过，他不会就地枪毙的，因为我们代表合法政府，俘虏要交给军事法庭来审判。"娃勒丽娅将信将疑，但她确实很感激这位富有同情心的长官。

第二天一清早，娃勒丽娅在花园梳理她那乌黑的头发，她出神地看着喷泉激起的涟漪，竟没有觉察到有人悄悄走近了她，突然，她被人从后面搂抱住了，那人想吻她的嘴，结果却碰到了她的面颊。娃勒丽娅知道他是上校，她故意没有出声。上校在娃勒丽娅的耳边轻声轻语地说："夫人，你太可爱了，多美的眼睛，多美的肩膀，我爱你，才让那个家伙留了下来，这样你就不会跟那个蠢货一起去首都了，让他待在这儿的牢里，你也就可以和我在一起了。当然，你应该知道你丈夫的命掌握在我的手里，或者说也在你手里，这点你应该明白！"

事到如今，娃勒丽娅还能说什么好呢？没过多久，娃勒丽娅就坐上了上校的吉普车，颠簸着出去了。第二天清早，娃勒丽娅回来了，她对姑妈说，她是陪着上校巡视战场去了。娃勒丽娅精疲力竭，她什么都不想说，只想睡觉。她走进自己房间后就扑倒在床上，泪水和带血的口水浸透了枕头，她痛哭着，但她又有些宽慰，为了丈夫的自由和生命，她愿意用自己的身子去换……

到了下午，娃勒丽娅才从自己的房间走了出来，她等待着又一个骇人的夜晚，就在这时，上校走了进来，他说，他不仅不把楚斯送往首都受审，而且还要恢复楚斯的自由，让他们夫妻团聚，然后让楚斯悄悄地藏在司令部里，这里太安全了，谁能想到一个出卖自己祖国的罪犯竟会躲在政府军的指挥部里呢？

娃勒丽娅听上校说完这一切，她简直不敢相信，而更让娃勒丽娅惊异的是：一个幽灵般的男人这时出现在门口，是丈夫，自己的丈夫楚斯呀！娃勒丽娅扑上去拥抱了他……

这天晚上，在上校的安排下，楚斯留在娃勒丽娅的房间里。娃勒丽娅叹了口气，无奈地对楚斯说："你得长期躲起来……"

楚斯有点得意地说："我看不见得，虽然我们在陆上被政府军打败了，可是外国人在天上帮了我们的忙，懂吗？外国飞机会来轰炸的！"

娃勒丽娅忧心忡忡地说："那得炸毁多少城市、炸死多少同胞呀！"

"那有什么！我们要的是胜利，打败政府，我们上台，外国佬帮着我们打天下！"楚斯说这些话时，竟然一点都不感到羞耻。

楚斯靠近了娃勒丽娅，看得出，他想亲近妻子，但娃勒丽娅却胆怯地躲避着，还像触电一样颤抖着，楚斯熟悉自己的妻子，他的怀疑证实了：上校玷污了自己的妻子，他的自由付出了惨重的代价。他疯狂地吸着烟，不是吸，简直是在吃烟，并且一次又一次地抡起拳头捶打着墙壁……

黎明来临了，天空响起了隆隆的飞机声，外国佬的飞机去轰炸首都了，娃勒丽娅神经质地跳了起来，对着楚斯狂叫着："我们的首都会像广岛一样变成一片废墟！你这个魔鬼，我要告发你，你这个出卖祖国和人民的无耻之徒！"娃勒丽娅披头散发，面部痉挛，高举着双臂冲进了上校的房间。

上校醒了，但还没有起床，他看到疯了一般的娃勒丽娅，不觉有点惊愕。娃勒丽娅冲到了上校的床前，声色俱厉地说："上校，我来告发我的丈夫，他把祖国出卖给外国佬，还盼着炸平我们的首都！"

上校慢吞吞地起了床，打了个哈欠，慢条斯理地说："唔，你的丈夫，一个爱国者，我得跟他握握手。"

娃勒丽娅惊呆了，她怎么也想不到上校会说出这样一番话来，她机械地跟着上校走进了自己的房间，上校走上前去，笑嘻嘻地对楚斯说："你知道我为什么要把你藏在这里吗？"

楚斯板着脸，愤怒地答道："知道，我当然知道！"说着，他把灼灼逼人的目光移向他的妻子，那意思十分清楚：是娃勒丽娅出卖了自己的身子才做了这笔买卖！

上校沉默着，他的鹰隼一般的眼睛一动不动地直逼着楚斯，突然，他一字一顿地说出了几个字："美洲豹33号！"

楚斯惊呆了，简直就像傻了一般，他梦呓似的嘀咕着："这不可能，绝不可能！"是呀，这怎么可能呢？"美洲豹33号"是他们的外国后台策划的一个秘密计划的代号，这个计划的主要内容是雇佣军和政府军中的部分高级军官联手，以武装行动推翻现在的政府。上校显然是这个行动的高层执行官，显然他也知道了楚斯是雇佣军中的同伙。

这时,楚斯终于明白站在面前的上校到底是什么人,于是两人热烈地拥抱了起来,一旁的娃勒丽娅从惊愕和愤怒中猛醒过来,也就在这时,一声巨大的轰响震撼着大地,外国佬的飞机又开始轰炸了……

几天后,电台宣布政府垮台和新的军政府第一批委任名单,勒翁上校升任了部长,楚斯被任命为军政府的秘书。

听到这消息,娃勒丽娅几乎要疯了,那天,她一个人在镇外的荒野里疯狂地跑着,她连自己都不知道要跑到哪儿去,也不知道还要跑多远。这时,姑妈家看管田庄的人找到了她,说:"敌人丢下了一颗炸弹……你的孩子平安无事,只是你姑妈被炸死了……"娃勒丽娅跌跌撞撞地跑回了镇上的家,只见姑妈倒在一丛石竹花下面,浑身是血,一头银发在阳光下发着惨白的光。娃勒丽娅扑了上去,抱着姑妈的头哭得死去活来,只有娃勒丽娅那几个不懂事的孩子又蹦又跳的,还做着打仗的游戏,嘴里嚷着:"美洲豹!美洲豹!"

"美洲豹已经走了……"娃勒丽娅失魂落魄地自言自语着,是的,上校到首都去任职了,楚斯也到首都去当他的军政府秘书了,她娃勒丽娅也应该到首都去了。

几天后,在楚斯豪华的新居里,应邀前来庆贺乔迁之喜的勒翁上校和男女主人共进晚餐。女主人娃勒丽娅的烹调手艺第一次得到了上校和丈夫的称赞,两个男人喝了很多酒,最后都没有醒过来,不是酒醉,而是死于毒药。和他们一起死去的是女主人娃勒丽娅,她是割腕而死的,厨房里流了一地的血……

(改编:宋一平)

托儿的绝招

史蒂芬·玛罗

微课堂

在外国文学中,常能见到作者将马戏团写入小说之中。

包含马戏团元素的著名小说有:卡夫卡《马戏团顶楼的座位》;安吉拉卡特《马戏团之夜》;伊坂幸太郎《再见马戏团》等。

艾迪在一个叫作"世界奇观"的马戏团里干活,他既不是演员,也不是厨师,他的身份很特殊:是一个"托儿"。

托儿这个职业大家都知道,也叫"撬边的",就是和卖家串通好了,冒充顾客,鼓动大家买东西的人。不过艾迪做托儿,一不开口,二不动手,他有一个绝招,就是能做出一副傻呵呵的痴迷样子来吸引别人。

每到一个新地方,马戏团老板红胡子巴特会在帐篷前大吹大擂,说自己团的节目有多么精彩。艾迪呢,就站在他的面前,两眼发直,嘴巴微微张开,一动不动地傻看着,仿佛被巴特的介绍完全迷住了。

说来也怪，只要艾迪往那里一站，就像有魔力似的，立刻就能把周围的过路人吸引过来。艾迪不用回头，便知道身边聚集了多少人，等他觉得差不多的时候，第一个上去买票，这时候，身边那些人，也仿佛中了邪一样，乖乖地跟着艾迪买票进场看马戏了。

凭着这手绝活，艾迪很受老板红胡子巴特的器重。可是最近，艾迪有了心事。

艾迪的心事说起来也正常，就是他看上了马戏团里一个新来的姑娘，阿兰娜。这个阿兰娜年轻貌美，到团里不久就当上了台柱子，她表演的轻纱舞成了每次节目的压台戏。

团里迷上阿兰娜的不止艾迪一个，还有老板红胡子巴特，也对阿兰娜盯得很紧，一有机会就往阿兰娜住的篷车里蹭，可是阿兰娜对红胡子巴特连正眼也不看一下。据说，阿兰娜的理想是遇到一个又有钱又爱她的人，结束江湖生活，去做阔太太。

艾迪知道自己没有机会娶到阿兰娜，他只要每晚看到阿兰娜在台上演出就心满意足了。

这天，马戏团到了一个新的小镇，艾迪和老板一搭一档，又吸引了满场的观众。艾迪混在观众中间，等啊等啊，等着阿兰娜上场。

可是，奇怪的事情发生了，最后一个节目竟然不是阿兰娜的轻纱舞，变成了大力士的举重表演！直到演出结束，也没有见到阿兰娜上台。艾迪很纳闷，等到观众们渐渐散去，他赶紧来到后台看个究竟。

在后台，艾迪遇到了正在数钱的老板巴特。艾迪走过去，问："今天……今天阿兰娜怎么没有上台？"

巴特眼皮也不抬，冷冰冰地回答："谁知道，也许是身体不舒服吧。"

艾迪又问："你今天见过她吗？"

"没有，没见过。"

听巴特这么一说，艾迪更紧张了，阿兰娜生病了？生了什么病？严重吗？想到这里，他转身想去阿兰娜住的篷车看看。

"站住。"巴特在背后叫住他。艾迪转过身，只见巴特抬起头，两只老鹰似的眼睛直勾勾地盯着他："你最好别去看阿兰娜，她需要休息。"

这时，艾迪注意到巴特的大衣上别着一朵红色的石竹花，不过一半花瓣已经掉了，大衣的前胸也被撕破了一道口子。艾迪想了想，说："我还是去看看吧。"说完，他走了出来。

艾迪走到阿兰娜的篷车前，敲了敲车门，里面没有动静。他伸手一推，门开了，车里黑乎乎的什么都看不见，艾迪叫了声"阿兰娜"，就走了进去，他摸索着打开电灯，"叭"的一声，灯亮了，艾迪看清篷车里的情形，只觉得浑身的血一下子凝固住了。

阿兰娜仰面朝天躺在地上，双目圆睁，脸部肿胀，舌头外伸，脖子上有一道紫印，显然是被掐死的。艾迪叫了一声，跪到阿兰娜身旁，失声痛哭起来。他看见死去的阿兰娜手中紧紧抓着几片红石竹的花瓣，还有一片碎布，和巴特身上那件大衣的花纹一模一样。艾迪明白过来，他刚想起身去报警，就听见背后传来冷冷的声音："你最好别动。"

艾迪缓缓转过身，只见红胡子巴特像座铁塔似的站在门口，手

托儿的绝招·185

里握着一把枪，黑洞洞的枪口正指着艾迪。

艾迪问："是你杀了阿兰娜？"

"不错，"巴特咬牙切齿地说，"这个臭娘们从来没有正眼看过我一下，她还梦想去做什么阔太太呢，哈哈……我得不到的东西，别人也不要想得到！我知道你也很喜欢她，所以就让你来见她最后一面，顺便帮我一个忙。"艾迪愤怒地嚷道："你别做梦了，我会去告发你的！"

巴特笑了："哈哈……你说警察会相信一个马戏团老板呢，还是会相信一个到处招摇撞骗的'托儿'？大家都知道你一直喜欢阿兰娜，我只要说是你追求阿兰娜不成，杀死了她，没有人会怀疑我！"

艾迪说："阿兰娜的手里抓着你大衣上的碎片呢，还有红石竹的花瓣，这是你杀人的证据。"

巴特又是一阵大笑："证据？如果我们把她埋了，就没有证据了。听着，这事儿我一个人干不了，所以找你帮忙，你乖乖地跟我把她埋了，我就让你继续在马戏团过好日子，不然的话，嘿嘿……"

艾迪坚决地摇了摇头。巴特目露凶光，大步跨了上来，抡起手里的枪柄，对准他的下巴就是一下子。艾迪猝不及防，被打倒在地，他摸了一下脸，看见满手是血，刚支撑着站起来，巴特对准他的脑门又是一枪托，艾迪重重地倒在地上，感觉天旋地转。

巴特狞笑着问地上的艾迪："到底干不干？我给你最后一次机会！"

艾迪在地上趴了好久，才晃晃悠悠地站了起来，说："好吧，我可以帮你，但我现在胸口发闷，要喘口气。"

巴特说:"对,你是个聪明人,知道除了帮我没有别的办法,你就在这里喘气吧。"

"不,这里的空气让我难受,我要到外面去,否则帮不了你。"

巴特犹豫了一下,说:"好吧,你可以出去,不过别想逃跑,也不许喊人,不然我立刻就开枪把你打死。"

艾迪点点头,走出了篷车。他站在车前的空地上,深深吸了一口气,然后回过头,就像他平时做托儿一样,两眼发直,嘴巴微微张开,一言不发地看着篷车,仿佛在看一样世界上最有趣的东西。艾迪用全身心的能力看着车门,比他以往任何一次做托儿的时候都要看得认真,看得入神!

仿佛有魔力一般,那些散了场还没有走远的观众和路上的行人,被艾迪那副傻呆呆的样子吸引过来,人们放慢脚步,或者掉过头,站在艾迪的身后,也对着那辆篷车的车门看。

人越聚越多,艾迪没有回头,甚至连眼睛都没有动,他能够感觉到身边的人群,最后,他坚定地走向篷车,人群也跟着他走了过去。车门被推开了,人们看见了地上躺着的阿兰娜,还有她身边的红胡子巴特。巴特正像疯了一样地从阿兰娜手里撕扯那片碎布,可是怎么撕也撕不下来。

红胡子巴特被抓住了,艾迪为阿兰娜报了仇,这一天,是他做托儿以来,最最成功的一次。

(改编:陆自敏)

生死官司

佚 名

罗伯特家族是富甲一方的名门望族，如今，罗伯特已是一个垂暮的老人了，而且被诊断为患了癌症，他的内脏里出现了肿瘤，必须施行摘除手术。罗伯特在走进手术室前，镇静自若地向家人交代说："摘除的肿瘤，千万不能随便扔掉，要立即送到科研所寄存！它属于我的，是我身体的一部分。"家人都不明白老人为什么要留着那些恶毒的东西，但又不敢违背老人的旨意。

手术非常成功，一个月后，罗伯特就能下床活动了。这天，老人把正在公司里忙碌的儿子叫到了面前，吩咐道："你马上去科研所，带上足够的支票，和他们签一个协议，我要把那些东西永

微课堂

"死亡与永生"，是科幻小说中时常被讨论的母题。经典篇目有艾萨克·阿西莫夫（Isaac Asimov）的《终极答案》《永恒的终结》；埃德蒙·汉密尔顿的（Edmund Hamilton）《智能永生》等。

此篇的故事核，源自日本作家渡边浩二的《长生不死的祖父》。

久地寄存在那里。"

儿子疑惑不解地问:"父亲,您指的是那些夺走了您的健康的肿瘤?它们有什么能让您留恋的呢?"

罗伯特笑了,说:"谁让它们是我身体的一部分呢?你赶紧去办吧。"

儿子顺利地和著名的肯尼迪生物科研所签了协议,并进行了司法公证。这时,罗伯特又交给儿子一个特殊的任务:要儿子运用一切手段,物色愿意献出内脏器官的人,他要用别人的内脏替换自己那些病变了的内脏。他愿意出钱,可以答应对方的一切条件,但必须是活人的内脏。

这下儿子可难住了,很显然,父亲是想长生不死,儿子也很理解父亲的想法,但父亲的这一要求太苛刻了,从来没有听说有哪个大活人愿意这样做,即使是穷困潦倒的乞丐,也不会答应的啊!果然,两个月下来,儿子还是两手空空,因为没有人答应这种离奇的要求。

看着整日焦虑、痛苦的父亲,儿子没有灰心,他想方设法,并通过各种媒体的帮助,终于同本地一个植物人的家属谈妥了。罗伯特笑了,他把当地医学界的泰斗、州医学院的约翰逊教授请了来,说:"老朋友,我完全信任你,我把我的生命交给你了。"

约翰逊教授说:"能为您的健康出力,是我的荣幸。"

可就在这时,当地政府却出面干涉,他们说,依据国家的法律条文,植物人虽然丧失了意识,无法活动,但他的呼吸尚存,从本质上讲仍然是活人,所以,罗伯特用金钱买他的内脏和杀人害命同出一理,将被指控为犯有杀人罪。

罗伯特不肯善罢甘休，他委托自己的私人律师杰克逊和政府官员进行协调，杰克逊律师说："植物人的躯体，即使不出卖，也是必死无疑，不如趁活着的时候把肉体提供给需求方，这样既是对社会的一种奉献，也可以解除家人的痛苦……"

政府开始还是不答应，后来考虑到罗伯特对社会的特殊贡献，答应可以交换，但必须先拆掉维持植物人生命的那些医疗器械，然后再通过手术摘除内脏器官。这一下，罗伯特却不同意了，他需要的是活人的器官，先拆除医疗器械再施行手术，那就等于是从死人身上摘取内脏了。这样一来，双方就又发生了不可调和的争执，无奈之下，罗伯特一纸诉状，把政府告上了法庭。

这场闻所未闻的官司，立即引起了人们的关注，一时间闹得沸沸扬扬。罗伯特拖着虚弱的身体，不顾家人的反对，不辞辛劳，四处奔走……

这场官司的焦点是：如果大脑死亡不算生命的结束，那么何种状态才能称得上真正的死亡？在法庭上，大律师杰克逊能言善辩，口若悬河，但被告州政府也专门请来了著名的人性学学者罗宾逊博士为他们辩护。法庭经过一段时间的论证，又通过一番民意调查，最后宣判如下："靠医疗器械维持生命的植物人并非死人，因为只要有一个人体细胞还存活着，就可以认定还具有生命。只有在拆除医疗器械、当所有的细胞全部死亡后，才可以进行内脏移植……"

这场官司，罗伯特败诉了，人们对罗伯特议论纷纷，都说他打这场官司的目的就是为了延长自己的生命，就是舍不得丢下这份庞大的家业，但奇怪的是，罗伯特在接到法院的判决书时并没有表现出什么失望与痛心,他反倒长长地舒了一口气,脸上露出了一阵快慰的笑容,就像长途跋涉的旅人来到了一泓清澈的池水边……

几天后,罗伯特就病倒了,住进了医院,德高望重的约翰逊教授亲自带领一个医学专家小组进行会诊,但是非常不幸,罗伯特体内的癌肿瘤已经山洪暴发般地扩散了,医药上的万般手段都已无济于事。

罗伯特自己觉得活着的日子不多了,就叫来了夫人、儿子和私人律师杰克逊,四个人在一起,字斟句酌地起草遗嘱。

一个月后,罗伯特终于走到了生命的尽头,约翰逊教授在挚友的死亡证明书上用颤抖的手庄重地签上了自己的名字……

家族为罗伯特举行了隆重的葬礼,可就在葬礼完了的第二天,传来了一个惊人的消息:德高望重的约翰逊教授被推到了被告席上!

原来,把约翰逊教授告上法庭的是罗伯特的私人律师杰克逊,杰克逊控告说:约翰逊教授关于罗伯特先生死亡的证明是无效的,罗伯特先生根本就没有死!

法院在受理这桩诉讼时觉得很是荒唐:大名鼎鼎的杰克逊律师怎么了?到了开庭的那一天,杰克逊在法庭辩论中提出:"罗伯特先生并没有死,因为属于他的一部分细胞还存活着。"杰克逊所依据的就是前不久寄存在肯尼迪生物科研所的那部分肿瘤内脏,它们保存在科研所的一种精密仪器里,那是一种具有特殊功能的仪器,它能维持细胞的生命力,因为癌细胞不同于一般的细胞,只要给予它充足的养分和氧气,它就会无限地分裂并存活下去。接着,杰克逊引用了上次打第一桩官司时法庭的宣判:"只要有一个人体细胞还存活着，就可以认定还具有生命……"

法官惊呆了，一个个瞠目结舌，你望我，我看你，全都没话可说。最后，法庭不得不宣判杰克逊律师胜诉，也就是说，罗伯特先生的肉体虽然不在人世，但他仍旧活着……

这桩奇特的官司让人们议论纷纷，百思不解。打赢官司后，罗伯特的夫人才向家人出示了一份遗嘱，这时候，家人才恍然大悟：罗伯特苦心策划的这两场官司，并不是对"生"恋恋不舍，而是为了整个家族的利益，因为只要法律证明他没有死，还仍旧活着，那么，他创下的家业和财富，子孙后代就可以安安稳稳地享受和继承，而不需要去依法缴纳巨额的遗产继承税了……

罗伯特没有死，他还活着，是吧？

（改编：傅辕）

冬天里的两个秘密

佚 名

微课堂

作者以质朴无华的笔调,叙述了一个用爱挽救生命的故事。小说对"伏笔"的运用十分到位,譬如开灯、关灯的约定,洛里安大夫对小姑娘的消失似乎完全不在意等,这些伏笔和后文的照应浑然一体,结构严谨。

弗兰茨是个孤苦伶仃的老人,在这个世界上已经没了亲人。他在医院住了两年多了,是洛里安大夫的病人中年纪最大的一位。

冬天来临的时候,他已经连路都走不动了,还要靠人喂饭、洗脸。夜里他总是做噩梦,大声地说胡话,医生把他安排在了顶楼的小房间里,房间的窗户朝着一条寂静的横街,这意味着,他开始默默地等待死神的降临。

但是圣诞节到了,新年到了,死神却一直没到顶楼房间里来找他,洛里安大夫也不明白这老人为什么看上去好像只剩下最后一口气了,却还有强烈的活下去的愿望。凭他多年的经验,使弗兰茨活下来的不是药物,而是一种神秘的力量,他相信,这老人的心中一定有个秘密。

这天傍晚,洛里安大夫推开弗兰茨的门,却发现他正朝窗外张望。看到大夫进来,他立即把脑袋缩了回去。大夫说:"您应该静静地躺着休息,为什么总往窗外张望?"

弗兰茨先生想了一会儿,对洛里安大夫说:"请您走到柜子后面去,不要露面,要不就不灵了。"

于是大夫就走到柜子后面去。弗兰茨先生坐起来,关掉床头柜上的灯,这时小房间里一片昏暗。接着他又开了灯,又关掉,又开灯。突然,在他们对面横街的一间亮着灯的顶楼窗户里出现一个姑娘。这是个可爱的小姑娘,大眼睛,黑头发,她笑着并朝这儿招手示意,弗兰茨先生也向她招手示意。小姑娘在对面鼓掌,然后把各式各样的东西摆在窗台上,她自己站在窗台后面。窗台上摆的尽是玩具,有乔木、灌木,有一个教堂,还有许多洋娃娃,只要用手插进洋娃娃的衣服里面,它的形态就能不断变化,像活的一样。

小姑娘在她的窗口表演了一场真正的木偶戏!表演完毕,小姑娘鞠了一个躬。

弗兰茨先生笑了,这可是大夫几个月以来第一次看到他笑,于是情不自禁地往前走了两步。这时,在小姑娘半明半暗的房间里出现了一个妇人,当她意外地发现弗兰茨先生和医生时,她惊呆了,赶紧拉上窗帘,接着就什么也看不见了。

"对不起,是我妨碍了演出!"洛里安大夫沮丧地说。

弗兰茨先生躺在床上喘了会儿气,终于开口了:"我认识这个小姑娘五个星期了，纯粹是偶然，一天，我想转身到另一侧，当我抬起头时，看到了她，她就把那些洋娃娃指给我看，并开始表演起来。为我表演！从那时开始她每天给我表演节目，而且总是新的，感谢上帝，让我的眼睛还看得到东西。我每天都在焦急地等待傍晚来临，这个时间我们用信号约好了，灯一闪，她的演出就开始。"

接下来的整个冬天，洛里安大夫每天给弗兰茨先生检查身体，每天都关切地问同一个问题："您一定又往窗外看了吧？"

老人总是轻松地回答："是的！"

雪融化了，弗兰茨先生竟然已经能够坐在桌旁吃饭，能够自己洗澡了。三月份的时候，他可以自己走路了，所有的人都不敢相信这个奇迹。

四月初的一天，弗兰茨先生惊慌失措地对洛里安大夫说："大夫先生，大夫先生，昨天小姑娘不见了！要是她出了什么事……"

接下来的整整一个星期都不见小姑娘的踪影，可怜的弗兰茨先生完全失去了常态，他甚至有点旧病复发。但是洛里安大夫对此似乎完全不当一回事，直到第八天，他对弗兰茨先生说："请您穿好衣服，有人邀请我们。"

"有人邀请？在什么地方？"

"那个为你表演的小姑娘的父母邀请我们去吃午饭。您动作快一点，要不我们就迟到了。"

弗兰茨先生穿衣服还从来没有那么快过！洛里安大夫想搀扶他过马路，但他走得比大夫还快，老人跟跟跄跄地径直上了对面那幢房子的顶层。

冬天里的两个秘密·195

大夫似乎熟悉这里的房门，他在一道门牌上写着"维德曼"的门上按了电铃。一位女士开了门，女士就是老人曾在小姑娘的房间里常常看到的那个，在她后面站着一位先生，当他们看到弗兰茨先生时，脸上马上泛起了笑容，一起说："非常欢迎，亲爱的弗兰茨先生。"

看到弗兰茨先生困惑不解的样子，小姑娘的父亲解释道："不久前，洛里安大夫拜访过我们，谈起了您的情况。"

弗兰茨突然明白了大夫的良苦用心，他感激地看着洛里安大夫，急切地问小姑娘现在在哪里。小姑娘的父亲领着弗兰茨走过了客厅，在一道门前站住："我的女儿玛利亚就在这里面，这门应该由您来推开。"弗兰茨双手颤抖着推开门，发现这是一间装饰得很漂亮的儿童房间。玛利亚，他的小朋友，大眼睛、黑头发，她正躺在靠窗的小床上，被子滑落下来。弗兰茨先生看到玛利亚的右腿从脚趾到膝盖绑着石膏绷带。

"太好了，您终于来了！"玛利亚兴奋地喊道。

维德曼太太说："我的女儿六个月前患了严重的骨髓炎，必须卧床。我们请了最好的医生，用了最好的药物，但是毫无用处。我们非常担心玛利亚会终身残疾。可前段时间，玛利亚的病情突然好多了，起先我们还不知道是怎么回事，后来我们才知道，她每天为您演出……上周的检查出现了奇迹。检查表明她现在只有局部发炎，医生说很快就能康复了。"

玛利亚向弗兰茨伸出一只手，他也伸手握住了她的小手。

"您和玛利亚之间有一个秘密，正是这个秘密使她得到了健康，我们将永远感谢您！"小姑娘的父亲嗓音沙哑地说。

洛里安大夫意味深长地说："不，有两个秘密：一个是你们之间的小秘密，还有一个是能够影响健康，能够驱赶孤单，能够创造奇迹的秘密。"

（编译：张洁）

图书在版编目（CIP）数据

名作欣赏：10分钟读解外国经典小说．1 /《故事会》编辑部编．-- 上海：上海文艺出版社，2020
 ISBN 978-7-5321-7740-0

Ⅰ．①名… Ⅱ．①故… Ⅲ．①小说-文学欣赏-世界 Ⅳ．①I106.4

中国版本图书馆CIP数据核字(2020)第117779号

责任编辑：陶云韫
装帧设计：周艳梅
图文制作：费红莲
责任督印：张　凯

书　　名：	名作欣赏：10分钟读解外国经典小说 1
著　　者：	《故事会》编辑部 编
出　　版：	上海文艺出版社
出　　品：	上海故事会文化传媒有限公司
	（200020　上海市绍兴路74号　www.storychina.cn）
发　　行：	上海文艺出版社发行中心
	（上海市绍兴路50号）
印　　刷：	镇江恒华彩印包装有限责任公司
开　　本：	787×1092　1/32　印张6.5
版　　次：	2020年7月第1版　2020年7月第1次印刷
书　　号：	978-7-5321-7740-0/I.6148
定　　价：	28.00元

版权所有·不准翻印

想看更多精彩故事？
扫码下载故事会APP

上海故事会文化传媒有限公司 出品（00972）

上海故事会文化传媒有限公司所有图书可办理邮购，免收邮费(挂号除外)
汇款地址：上海市黄浦区绍兴路74号(200020)
收款人：上海故事会文化传媒有限公司出版发行部
联系电话：021-64338113
如发现本书有质量问题，请与印刷厂质量科联系 T:0511-80867876